법정
마음의 온도

가치 있는 삶을 위한 법정스님의 맑고 큰 참지혜

법정
마음의 온도

김옥림 지음

MIRAE
BOOK

가치 있는 삶을 위해
우리가 해야 할 것들

사람은 누구나 가치 있는 삶을 꿈꾼다. 이는 보편적인 인간의 욕망이기 때문이다. 하지만 가치 있는 삶은 내가 살고 싶다고 해서 살아지는 것이 아니다. 가치 있게 살기 위해서는 그에 맞는 노력이 절대적으로 필요하기 때문이다. 그렇다고 해서 가치 있는 삶이 물질의 풍요를 누리고 사회적 지위나 명예를 누리는 삶은 아니다. 그 어떤 삶을 살지라도 자신에게 만족하고 떳떳하고, 남들에게도 당당하고 떳떳하면 된다.

그런데 대개의 사람들은 자신이 남보다 좋은 직업을 갖고, 좋은 집에서 좋은 차를 타고, 멋지게 사는 삶을 꿈꾼다. 물론 그렇게 사는 것도 자신의 입장에서는 가치 있는 삶이라고 할 수 있다. 하지만 가치 있는 삶은 그것이 어떤 삶일지라도 자신이 만족하는 삶을 넘어 자신으로 인해 누군가에게 의미 있는 인생이 된다거나 사회적으로 필요한 인물이 된다면 그것이야말로 가치 있는 삶이라고 할 수 있다. 가치 있는 삶에 대해 에이브러햄 링컨^{Abraham Lincoln}은 이렇게 말했다.

"나는 하나의 절실한 소원을 가지고 있다. 그것은 내가 이 세상에 태어난 까닭에 조금이라도 세상이 좋게 되어 가는 것을 볼 때까지 살고 싶다는 것이다."

링컨의 말에서처럼 의미 있게 사는 것, 그것이야말로 가치 있는 삶을 사는 것이다.

그렇다면 우리는 왜 가치 있는 삶을 살아야 할까. 우리가 몇 번의 인생을 산다면 이렇게도 살아 보고 저렇게도 살아 볼 텐데 우리는 단 한 번뿐인 인생을 사는 존재이므로 최선의 삶을 살아야 하기 때문이다. 이에 대해 독일의 소설가 장 파울^{Jean Paul}은 다음과 같이 말했다.

"인생은 한 권의 책과 같다. 어리석은 사람은 아무렇게나 책장을 넘기지만 현명한 사람은 공들여 읽는다. 왜냐하면 그들은 단 한 번밖에 그것을 읽지 못한다는 것을 알고 있기 때문이다."

장 파울의 말처럼 우리는 단 한 번밖에 읽을 수 없는 책, 즉 한 번밖에 살 수 없는 인생이다.

그렇다. 우리는 한 번뿐인 인생을 아무렇게나 살거나 대충 살 수는 없다. 그것은 자신의 인생에 대한 예의가 아니다.

이 책은 평생을 무소유의 삶을 실천하며 많은 사람들에게 존경받았던 법정스님의 저서 중에서 가치 있는 삶을 살아가는 데 도움이 되는 주옥같은 문장을 가려내어 그에 대해 쓴 단상으로 독자들이 읽고 실천적 삶을 살 수 있도록 쉽고 간결하게 쓴 책이다.

이 책에는 삶과 인생, 사랑과 행복, 순리와 자연의 질서, 진리와 자유, 평화와 공생 등 우리가 반드시 마음에 새겨야 할 다양한 글들로 구성되어 있어 언제 어디서나 목차에 관계없이 쉽게 읽을 수 있도록 했다.

이 책이 가치 있는 삶을 살기 위해 노력하는 이들에게 참 좋은 친구가 되었으면 좋겠다. 이 책을 대하는 모든 분들에게 삶의 기쁨과 행운이 있길 바란다.

김 옥 림

목차

프롤로그
가치 있는 삶을 위해 우리가 해야 할 것들 4

무소유의 참의미

인내는 참지혜다 13 | 양서良書의 정의 15 | 무소유의 참의미 17 | 고통과 즐거움을 느끼는 관점의 차이 20 | 오해에 반응하지 않기 22 | 부드러움이 진정 강하다 24 | 용서는 스스로를 위한 것이다 26 | 어떻게 사느냐에 대해 생각하라 28 | 우리의 본질 30 | 알고 있는 것을 행하는 자가 돼라 32 | 흙에서 배워라 34 | 독서에는 시절이 없다 36 | 타인을 사랑하기 38 | 이해의 본질 40 | 깊어지는 삶 42 | 성찰의 길, 여행 44 | 온전한 사람이 된다는 것은 46 | 침묵의 힘 48 | 살아남은 자들의 의무 50 | 진정한 이해는 사랑이다 52 | 우리는 사랑하기 위한 존재다 54

진정으로 하고 싶은 일

자기 관리의 중요성 58 | 삶의 가치를 드높이는 자세 60 | 가슴을 잃은 문명 62 | 나는 누구인가 64 | 단순하게 사는 삶 66 | 검소한 삶 68 | 마음을 열고 바라보라 70 | 우리를 아름답게 하는 것 72 | 좋은 세상 74 | 고통의 힘 76 | 새로워진다는 것은 78 | 첫 마음 80 | 공짜는 없다 82 | 함께하는 자 84 | 신뢰의 중요성 86 | 시작과 끝은 하

나다 88 | 작고 적은 것에서 찾는 행복 90 | 녹 92 | 생명을 존중하라 94 | 자신을 살피는 일 96 | 돈을 보는 눈 98 | 인생에 정년은 없다 100 | 아름다운 인간관계 102 | 진정한 친구 104 | 시련과 고통의 의미 106 | 실패와 좌절 108 | 전체를 보는 눈 110 | 혁신의 힘 112

자신의 꽃을 피워라

웃음의 가치 116 | 무가치한 일 118 | 어진 사람은 복이 있다 120 | 혼자만의 시간 갖기 122 | 그 일이 그 사람을 만든다 124 | 자신을 남과 비교하지 않기 126 | 냉정한 판단력 기르기 128 | 낡은 것을 버려야 새것을 얻는다 130 | 매이지 말고 열어두기 132 | 맑고 환한 영성에 귀 기울이기 134 | 안정과 편안함의 늪 136 | 휴식시간 사용법 138 | 삶은 순간순간이다 140 | 나쁜 생각 버리기 142 | 사람의 자리를 지키며 살자 144 | 상대의 입장에서 생각하기 146 | 어리석음을 벗어나는 법 148 | 자신의 꽃을 피워라 150 | 나쁜 벗을 멀리 하라 152 | 나무에게 배워라 154 | 소유는 굴레다 156 | 질 때도 아름답게 지는 꽃처럼 158 | 반드시 있어야 할 존재가 된다는 것은 160 | 충만한 삶 162 | 마음을 다스리는 시간 164 | 인연의 두 가지 빛깔 166 | 사랑이 싹트는 순간 168 | 진정한 자유인 170 | 사람답게 사는 길 172 | 과유불급 174 | 경청의 자세 176 | 여가와 휴식 178 | 마음의 여백 180 | 의식 개혁의 필요성 182 | 덕과 악 184 | 건강한 정신 186 | 무엇이 된다는 것은 188 | 행복의 지수 190 | 책임은 자신의 인생에 의무다 192

지금 이 순간을 살아라

진정한 부자 196 | 고전에서 인생을 배우다 198 | 건강할 때 최선을 다하라 200 | 진정한 아름다움의 가치 202 | 새날을 맞이하는 자세 204 | 세상에 빛이 되는 삶 206 | 자신에게 맞는 땅 208 | 지혜로운 삶 210 | 책은 가려서 읽어야 한다 212 | 말의 겸손

214 | 과속문화의 병폐 216 | 성숙해진다는 것은 218 | 배우고 익혀라 220 | 새물에 끓여야 차 맛도 좋다 222 | 저마다의 삶의 몫 224 | 자연의 미美가 아름다운 이유 226 | 무형의 자산, 친절 228 | 행복의 그릇 230 | 봄과 꽃 232 | 자신답게 살고 있다면 234 | 알맞은 거리에서 바라보기 236 | 삶이 녹슬지 않게 하라 238 | 오래된 것의 미美 240 | 준다는 것의 의미 242 | 병이 주는 깨달음 244

내 삶은 내가 만든다

자신과의 타협을 경계하기 248 | 마음을 나누는 삶 250 | 욕심 버리기 252 | 말수가 적은 사람 254 | 내 안에서 피어나는 행복 256 | 스스로 파놓은 함정에 빠지지 마라 258 | 새로운 씨앗 260 | 기쁨으로 산다는 것 262 | 내가 먼저 좋은 친구가 돼라 264 | 진정한 일의 의미 266 | 지금 나누고 공유하라 268 | 자기에게 의지하라 270 | 맺힌 것은 반드시 풀어라 272 | 어려움에 맞서 이겨내라 274 | 신선하고 활기찬 삶 276 | 자기 방식의 삶 278 | 삶의 과정의 중요성 280 | 자연은 선생이다 282 | 참다운 삶 284 | 진정한 소유자 286 | 바른 생활규칙 288 | 유익한 말 무익한 말 290 | 하지 말아야 할 것들 292 | 마음의 평화와 안정 294 | 내가 만드는 행복 296

삶은 부피가 아니라 질이다

문명의 해독제 300 | 맑은 가난 302 | 열린 가슴으로 믿어라 304 | 물건은 도구다 306 | 삶의 무게, 고민 308 | 곤란의 힘 310 | 사소하고 일상적인 행복 312 | 자세히 보라 314 | 모든 것은 다 제 이름이 있다 316 | 삶은 부피가 아니라 질이다 318 | 인간의 궁극적인 목표 320 | 일일일선 일일일청 一日一善 一日一聽 322 | 비움의 미덕 324 | 필요에 따라 사는 삶 326

무소유의 참의미

무소유란 아무것도 갖지 않는다는 것이 아니다.
궁색한 빈털터리가 되는 것이 아니다.
무소유란 아무것도 갖지 않는다는 것이 아니라
불필요한 것을 갖지 않는다는 뜻이다.

무소유 中

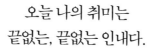

오늘 나의 취미는
끝없는, 끝없는 인내다.

법정

· 나의 취미 ·

인내는 참지혜다

"오늘 나의 취미는 끝없는, 끝없는 인내다."

이는 법정스님의 명저 《무소유》 중 '나의 취미는'이라는 글의 한 부분이다. 취미의 사전적 의미는 '전문적으로 하는 것이 아니라 좋아서 즐겨하는 일'을 말한다. 여행을 즐겨한다거나 볼링을 즐겨한다거나 노래를 즐겨한다거나 하는 것은 취미이다. 그런데 법정스님이 인내를 취미라고 말한 것은 모든 삶에 있어 인내를 바탕으로 하고 그것을 실행한다는 것을 의미한다.

사람이 살아가는 데 있어 인내는 매우 중요하다. 공부를 하거나 직장생활을 하거나 군 생활을 하거나 연구를 하거나 남녀가 사랑을 하는 데도 인내를 필요로 한다. 인내가 부족하면 자신이 하는 일을 제대로 해내지 못할 뿐만 아니라 아름다운 사랑 또한 하지 못한다. 인내는 인생을 살아가는 데 있어 절제의 미덕이며, 자기 구현의 원동력이기 때문이다.

인내의 중요성에 대해 미국의 뇌 과학자인 제임스 H. 오스틴 James H. Austen은 "네 마음의 뜰에 인내를 심어라. 그 뿌리는 쓰지만 그 열매는 달다"고 말했다. 즉 인내한다는 것은 힘들지만, 인내할 수 있다면 그 결과는 언제나 즐거움과 기쁨의 열매가 된다.

자신이 원하는 것을 실현하여 행복한 인생을 살고 싶다면 인내를 취미처럼 습관화하라. 인내는 참 좋은 삶의 지혜이다.

인내하라. 인내는 절제의 미덕이며, 자기 구현의 원동력이다.

진짜 양서는 읽다가 자꾸 덮이는 책이어야 한다.
한두 구절이 우리에게 많은 생각을 주기 때문이다.
그 구절들을 통해서 나 자신을
읽을 수 있기 때문이다.
이렇듯 양서란 거울 같은 것이어야 한다.

법정

• 비독서지절 •

양서良書의 정의

우리나라 성인의 일 년 평균 독서량은 10권이 채 되지 않는다. 이는 우리와 경제 수준이 비슷한 유럽의 국가들에 비해 매우 부끄러운 수치가 아닐 수 없다. 삶의 질은 독서와 정비례한다는 말이 있다. 다시 말해 독서를 많이 할수록 삶의 질, 즉 스스로가 느끼는 삶의 만족도가 높다는 말이다. 아무리 경제 수준이 높아도 내면의 만족도가 낮으면 삶의 질을 높일 수 없다. 삶의 질은 생활의 만족도에도 있지만 내면의 영향을 더 크게 받는다.

그렇다면 삶의 질을 끌어올리는 양서란 어떤 것일까. 그것은 우리의 생각을 바르게 하고, 내면의 세계를 알차게 하고, 정서를 함양시키는 책을 말한다. 깊이 있는 책을 다 양서라고는 할 수 없지만, 우리의 정신세계를 넓히고 삶의 질을 높이기 위해서는 이런 책들을 많이 읽어야 한다. 요즘 베스트셀러를 보면 신변잡기 같은 에세이류의 책이 대부분이다. 이런 책은 내면적으로 자신의 세계를 탄탄히 쌓아야 하는 젊은 세대들에게는 독이 될 수 있다.

독일의 사회학자 막스 베버^{Max Weber}는 "두 번 읽을 가치가 없는 책은 한 번 읽을 가치도 없다"고 말했는데, 양서가 무엇인지를 잘 알게 하는 말이다.

책을 읽어야 한다. 읽되 자신의 내면을 탄탄하게 쌓는 책을 읽어야 한다.

무소유의 참의미

무소유無所有란 글자 그대로 '아무것도 가진 게 없음'을 뜻한다. 가진 것이 아무것도 없다는 것은 지독한 가난, 궁핍함을 뜻한다. 가진 것이 없다는 것은 현대인에게 있어서는 '천형'과도 같을 만큼 비참한 일이며 불행한 일이 아닐 수 없다. 컵라면 하나를 먹으려고 해도 돈이 있어야 하고, 버스를 탈 때도 돈이 있어야 한다. 돈이 없으면 그야말로 아무것도 할 수 없다. 그러니 무소유적인 삶은 인간의 삶을 불행으로 이끄는 그 자체일 뿐이다.

하지만 법정스님이 말하는 무소유의 의미란 '아무것도 갖지 않는다는 것이 아니라 불필요한 것을 갖지 않는다'는 뜻이다. 그러니까 살아가는 데 있어 최소한의 필요한 것들만 소유함을 뜻한다고 하겠다. 이를 좀 더 부연해서 말한다면 가난해서 가난한 삶을 사는 것이 아니라 선택한 가난, 즉 '청빈한 삶'을 말하는 것으로 가진 자들이 스스로 가난한 삶을 사는 것, 이것이 무소유의 진정한 의미라고 하겠다.

물론 풍족하고 편안한 삶에 길들여져 있는 현대인들이 이렇게 산다는 것은 결코 쉽지 않다. 그것은 달콤한 마시멜로에 길들여진 어린이들이 쉽게 달콤함을 끊지 못하는 것처럼 지독한 고행과 같을지도 모른다.

그러나 불필요한 것을 소유하지 않음으로써 낭비를 줄이고, 검소한 삶을 통해 행복을 느낄 수 있다면 그것이야말로 인간 본연의 삶이 아닐까 싶다.

법정스님은 무소유의 삶을 실천함으로써 한국의 헨리 소로우라고 불리었다. 그는 미국의 철학자이자 시인이며 《월든》의 저자로 유명한 헨리 데이비드 소로우Henry David Thoreau의 흔적이 남아 있는 '월든'을 찾아가는 등 깊은 관심을 가졌다. 소로우는 2년 2개월 동안 월든 호숫가 숲 속에 오두막을 짓고 최소한의 것을 소유함으로써, 무소유의 삶을 실천에 옮겨 많은 사람들에게 깊은 감명을 주었다.

법정스님은 소로우의 삶을 동경했으며 자신 또한 그처럼 실천에 옮김으로써 많은 사람들로부터 존경을 받았다. 그의 명저로 많은 독자가 사랑한《무소유》는 그의 청빈한 정신을 잘 보여준다.

모든 것이 풍요로운 삶 속에서 불필요한 낭비를 줄일 수 있다면, 그것이야말로 무소유의 삶이라고 할 수 있다.

필요치 않는 것을 소유하지 않는 것, 이를 무소유라고 한다.

> 똑같은 조건 아래에서도 희로애락의 감도가
> 저마다 다른 걸 보면, 우리들이 겪는
> 어떤 종류의 고와 낙은 객관적인 대상에 보다도
> 주관적인 인식 여하에 달린 것 같다.
>
> 법정
>
> · 너무 일찍 나왔군 ·

고통과 즐거움을 느끼는 관점의 차이

같은 대상을 놓고도 긍정적으로 바라보는 사람과 부정적으로 바라보는 사람이 있다. 이를 '주관적 관점의 차이'라고 한다. 그래서일까, 어려운 상황에서도 긍정적인 사람은 긍정적인 관점에서 바라보려고 한다. 그러다 보니 어려운 상황을 슬기롭게 극복함으로써 어려움을 성공의 디딤돌로 여긴다. 그러나 부정적인 사람은 부정적으로 바라봄으로써 어려운 상황에 빠지게 되고 불행한 결과를 초래하게 된다.

긍정적인 사람이 삶을 더 행복하게 사는 것은 마음의 스위치를 '긍정'의 모드에 두고 있음이며, 부정적인 사람이 더 고통스럽고 불행하게 사는 것은 마음의 스위치를 '부정'의 모드에 두기 때문이다.

영국의 평론가이자 역사가인 토마스 칼라일Thomas Carlyle은 "길을 가다 돌을 만나면 약자는 그것을 걸림돌이라고 하고, 강자는 그것을 디딤돌이라 생각한다"고 말했다. 이를 보더라도 주관적 관점의 차이는 인생을 살아가는 데 있어 매우 중요하다는 것을 알 수 있다.

인생을 행복하게 살고 싶다면 긍정적으로 생각하고 능동적으로 행동하라.

오해에 반응하지 않기

우리는 살아가면서 많은 오해를 하기도 하고 사기도 한다. 그런데 문제는 오해를 사게 되면 기분이 불쾌하고 오해한 사람을 원망하게 되고, 심하면 복수심에 빠지게 된다. 이를 잘 알게 하는 것 중에 하나가 수십 년지기 친구 사이도 사소한 오해로 등을 지는 경우이다. 뿐만 아니라 사랑하는 사이에서도 지극히 사소한 오해로 인해 차가운 이별을 맞기도 한다. 그만큼 오해는 서로를 단절시키는 무서운 독버섯과도 같다.

오해란 자기 입장에서의 이해에서 비롯될 수 있는데, 이러한 이해가 때로는 상대에게 오해로 작용할 수 있다는 말이다. 그러니까 자기의 잘못된 이해가 상대에게는 오해로 작용한다는 말이다. 오해로 인한 부작용에 대해 골던 딘은 "싸움이 벌어지는 원인의 대부분은 오해 때문이라는 사실을 명심해야 할 것이다"라고 말했다.

그 어떤 오해를 해서도 안 되고, 설령 오해를 산다고 해도 자신이 정당하다면 반응하지 마라. 연기가 풀풀 나다가도 곧 사라지듯 오해란 연기와 같아 뭉실뭉실 피어오르다가도 이내 사라지고 말기 때문이다.

쓸데없는 오해는 인간관계를 무너뜨리는 어둠의 장벽과 같다.

> 바닷가의 조약돌을 그토록 둥글고
> 예쁘게 만든 것은 무쇠로 된 정이 아니라,
> 부드럽게 쓰다듬는 물결이다.
>
> 법정
>
> ·설해목·

부드러움이 진정 강하다

남해안에서는 백사장 대신 매끈한 몽돌이 해변에 깔려 있는 곳을 흔히 볼 수 있다. 지질적인 영향에 의해서인데, 오랜 세월을 지내오는 동안 거대한 암석이 바닷물에 깎이어 조각조각 수많은 몽돌이 되었다는 것은 자연이란 인위적으로는 어찌할 수 없는 위대한 존재라는 것을 실감하게 된다.

물이란 한없이 부드러울 뿐만 아니라 각기 다른 모양의 그릇에 담으면 그 그릇의 형태에 따라 모양을 지닌다. 이는 무엇을 말하는가. 그만큼 물은 부드럽고 순리적이라는 것이다.

그러나 반면에 물은 그 어떤 것보다도 강하다. 물이 한 번 성이 나면 다리도 집어 삼키고, 건물은 물론 자동차 등 무엇이든 거침없이 무너뜨리고 삼켜버린다. 수년 전 일본에서 일어난 지진해일이나 그보다 앞서 인도네시아에서 일어난 지진해일로 인한 재해가 그것을 잘 말해준다.

"단단한 돌이나 쇠는 높은 데서 떨어지면 깨지기 쉽다. 그러나 물은 아무리 높은 곳에서 떨어져도 깨지는 법이 없다. 물은 모든 것에 대해 부드럽고 연한 까닭이다."

이는 노자가 한 말로 부드러운 것이 진정 강함을 잘 알게 한다.

인격적으로 모나지 않은 사람은 그 누구에게도 굽힘을 당하지 않는다. 그는 진실로 강한 것이 무엇인지를 잘 아는 까닭이다.

> 용서란 타인에게 베푸는 자비심이라기보다,
> 흐트러지려는 나를 나 자신이
> 거두어들이는 일이 아닐까 싶었다.
>
> 법정
>
> • 탁상시계 이야기 •

용서는 스스로를 위한 것이다

용서란 자신에게 잘못을 한 사람의 잘못을 사하여 주는 것을 말한다. 하지만 자신에게 잘못을 저지르는 자를 용서한다는 것은 쉽지 않다. 상대방의 잘못으로 인한 피해가 크면 클수록 더욱 그러하다. 그만큼 용서를 한다는 것이 쉽지 않음을 뜻한다. 그래서 큰 잘못을 한 사람을 용서할 줄 아는 사람을 일컬어 대인大人이라고 한다. 즉 마음의 그릇이 크다는 것을 뜻한다.

신약전서 마태복음을 보면 예수가 "네게 이르노니 일곱 번뿐 아니라 일곱 번을 일흔 번까지라도 할지니라"(마태복음 18장 22절)라고 말한다. 이는 베드로가 "형제가 내게 죄를 지으면 몇 번이나 용서해야 하느냐, 일곱 번까지 해야 하느냐"(마태복음 18장 21절)라는 물음에 대한 예수의 답변이다. 일곱 번을 일흔 번까지 용서하라는 예수의 말은 무조건 용서하라는 말이다.

용서란 하기는 어려워도 하고 나면 마치 무더운 여름날 맑고 시원한 물에 목욕을 하고 난 것처럼 날아갈 듯 개운하다. 용서를 한다는 것은 상대에 대한 베풂이라기보다 스스로에 대한 마음을 바로잡는 행위이기 때문이다. 그렇다. 누군가를 용서할 일이 있으면 망설이지 말고 용서하라. 용서는 스스로를 위한 것이다.

용서하라, 마음이 후련해질 때까지. 용서는 스스로를 위한 가장 아름다운 행위이다.

> 사람은 오래 사는 것이 문제가 아니라
> 어떻게 사느냐가 문제로 떠오른다.
>
> 법정
>
> • 잊을 수 없는 사람 •

어떻게 사느냐에 대해 생각하라

우리는 대개 무엇이 되느냐에 대한 관심이 많다. 나아가 어떻게 하면 건강하게 오래 살 것인지에 대한 관심이 지대하다. 풍요로운 물질과 문명의 발전은 이러한 사람들의 욕구를 더욱 가속화시킨다. 그러다 보니 앞만 보고 달릴 뿐 옆도, 뒤도 돌아보지 않는다. 무엇이 되느냐와 오래 살고 싶은 욕망은 서로 밀접한 관계에 놓여 있다. 돈을 많이 번다는 것, 좋은 자리에 오른다는 것은 결국 풍요롭고 넘치는 삶을 의미하는 것이며, 나아가 오래 살고 싶은 욕망은 공식처럼 생각되기 때문이다.

그러나 보다 중요한 것은 삶을 살되 어떻게 사느냐 하는 것이다. 그런데 문제는 그 고민이 많은 인내를 필요로 하고, '무엇이 될까,

어떻게 하면 오래 살까' 하는 보편적인 욕망으로부터 자유로울 수 있어야 한다는 것이다.

러시아의 국민작가 래프 톨스토이^{Lev Tolstoy}는 '어떻게 살 것인가' 의 물음에 대한 답이 되는 인생을 살았다. 그는 명문 귀족의 자손 으로 많은 부를 가졌지만, 인간다운 삶을 살기 위해 가난한 자들을 위해, 낮은 자리에 있는 자들을 위해 스스로 풍요로운 삶을 포기했 던 것이다.

생각하라. 어떻게 살 것인가를. 이를 생각하고 또 생각하라.

인간 본연의 삶은 무엇이 되느냐가 아니라 어떻게 살 것인가에 있다.

우리는 인형이 아니라
살아 움직이는 인형이다.
우리는 인형이 아니라
살아 움직이는 인형이다.

법정

· 인형과 인간 ·

우리의 본질

인간이 만물의 으뜸이라는 것은 옳고 그름을 판단하는 능력과 창의적으로 생각하는 존재라는 데 있다. 또한 상대에 대한 배려와 인간의 도리 및 예를 지킬 줄 아는 데 있으며, 자신에게 주어진 책임을 다하는 데 있다. 만일 인간으로서 갖춰야 할 이러한 기본적인 조건을 갖추지 못한다면, 만물의 으뜸이라는 말은 너울 좋은 허상에 불과할 뿐이다.

법정스님은 산문 〈인형과 인간〉에서 인간은 인형이 아니라고 말한다. 인형이란 무엇인가. 사람의 형상을 했지만 그것은 살아있는 존재가 아니다. 그렇기 때문에 상대에 대한 배려나 따뜻한 인간관계를 위한 노력이나 자신에게 주어진 일에 대한 그 어떤 책임도 다

하지 못한다.

그러나 인간은 호흡하고 생각할 줄 알며, 상대에 대한 형편을 살필 줄 알고 무엇이 옳고 그른지를 판단할 줄 알고, 지식과 인격을 갖출 수 있는 능력이 있으며, 그럼으로써 인간의 도리를 지킬 줄 알고 나아가 책임질 줄 아는 존재다. 그렇기 때문에 이웃의 기쁨과 아픔을 나눌 수 있어야 하며, 살아 있는 것을 소중히 하며, 자신의 일을 당당하게 해 나갈 수 있어야 한다.

그렇다. 인간은 인형이 아니며 살아있는 존재다. 이것이 바로 인간을 만물의 으뜸이 되게 하는 근본인 것이다.

인간의 본질은 살아 숨 쉬는 존재이며, 인간답게 살 때 그 본질은 더욱 우리를 인간답게 한다.

얼마만큼 많이 알고 있느냐는 것은
대단한 일이 못된다.
아는 것을 어떻게 살리고 있느냐가 중요하다.

법정

• 인형과 인간 •

알고 있는 것을 행하는 자가 돼라

많이 안다는 것은 중요하다. 그러나 그보다 더 중요한 것은 아는 것을 실행에 옮기는 것이다. 아는 것을 쌓아두기만 하면 그것은 죽은 지식이다. 살아있는 지식이 되기 위해서는 아는 것을 활용하는 데 부지런히 힘써야 한다. 열정이 더해지면 살아있는 지식은 더 큰 능력을 발휘하게 된다.

사람들 중엔 자신이 쌓은 지식을 자랑하고, 자신의 출세를 위해 지식을 이용한다. 이를 곡학아세曲學阿世라고 하는데 이는 죽은 지식의 정형이라고 할 수 있다. 그러나 살아있는 지식은 푸릇푸릇 윤기가 난다. 자유로운 상상력과 창의력이 더해져 새로운 지식과 지혜를 창출해낸다. 그래서 더 많은 사람들에게 지식이 전해지고 지혜가 더해짐으로써 아름다운 사회, 아름다운 관계가 꽃피는 것이다.

"군자는 말하고자 하는 바를 먼저 행하고 그 후에는 자신이 행함에 따라 말한다."

이는 공자가 한 말로 행함의 중요성에 대해 잘 알게 한다.

그렇다. 지식을 전하는 일이든 그 어떤 것일지라도 행할 때 빛이 나는 법이며, 그 속에 진실이 싹트는 것이다.

행함이 없는 앎은 죽은 지식이다. 행하는 앎이 될 때 지식은 더욱 빛난다.

흙에서 배워라

흙은 생명성을 품고 있다. 고추씨를 심으면 고추가 열리고, 가지씨를 심으면 가지가 열리고, 오이씨를 심으면 오이가 열리고, 토마토씨를 심으면 토실토실한 토마토가 열리고, 대파씨를 심으면 대파가 자란다. 흙은 그 어떤 씨앗도 다 받아들여 알뜰살뜰 생명을 키워낸다.

흙은 넓은 품을 갖고 있다. 해불양수海不讓水 즉 바다가 맑은 물이든 구정물이든 그 어떤 물도 가리지 않고 받아들이듯 흙 또한 나무든 꽃이든 사람이든 동물이든 그 무엇이든 거부하지 않고 다 받아들이는 넉넉한 품을 갖고 있다. 그래서 흙(땅)을 아버지라고 한다.

흙은 거짓을 모른다. 콩을 심으면 콩이 나고, 팥을 심으면 팥이

나는 것처럼 흙은 사실 그대로만을 내어 놓는다. 콩을 심었는데 절대로 팥을 내어 놓지 않는 게 흙의 속성이다. 흙은 진실 그 자체이며 겸허함의 표본이다.

흙(땅)은 하늘과 바다와 더불어 중요한 우주의 한 부분이다. 하늘과 바다가 우주의 질서를 쫓아 행하듯 흙 또한 우주의 질서를 거스르는 법이 없다.

이렇듯 무한광대無限廣大한 존재가 흙이다. 흙에게서 배워라. 흙은 위대한 스승이다.

흙은 진실의 표상이며 무한광대한 자연의 스승이다. 흙에게서 배워라.

> 독서의 계절이
> 따로 있어야 한다는 것부터 이상하다.
> 얼마나 책하고 인연이 멀면
> 강조 주간 같은 것을
> 따로 설정해야 한단 말인가.
>
> 법정
>
> • 비독서지절 •

독서에는 시절이 없다

독서삼여讀書三餘라는 말이 있다. 독서에 적당한 세 가지의 한가한 때를 이르는 말이다. 후한 말기 헌제 때 황문시랑을 지낸 동우가 남긴 말로 독서하기 좋은 시간으로는 첫째는 농사철이 끝나 일이 없는 겨울이며, 둘째는 밤, 셋째는 비 오는 날이다.

동우가 이를 말하는 데에는 다음과 같은 유래가 있다. 어느 날 젊은이가 찾아와 자신을 제자로 삼아달라고 간청하였다. 동우는 스스로 독서를 하라고 했으나 젊은이는 농사일이 바빠 책을 읽을 시간이 없다고 했다. 이에 동우가 독서하기 좋은 시간을 일러 한 말이 독서삼여다.

많은 사람들이 독서하지 못하는 이유를 바빠서라고 말한다. 그러나 이는 대단히 잘못된 일이다. 마음만 먹으면 얼마든지 틈틈이 책을 읽을 수 있다. 문제는 독서에 대한 의지가 없다는 데 있다. 과거에는 지하철을 타거나 버스를 타면 책 읽는 이들을 흔히 볼 수 있었으나, 지금은 눈을 씻고 찾아봐도 없다. 아이, 어른 모두들 스마트 폰에 눈을 맞추는 데 여념이 없다.

독서에는 때가 없다. 마음을 건강하게 하고 지적능력을 높이며, 삶의 혜안을 밝게 하는 최적의 수단인 독서, 독서를 생활화하라.

때를 가리지 말고 독서하라. 독서량만큼 인생은 빛을 발하는 법이다.

> 이 가을에 나는
> 모든 이웃들을 사랑해주고 싶다.
> 단 한 사람이라도
> 서운하게 해서는 안 될 것 같다.
>
> 법정
>
> ·가을은·

타인을 사랑하기

나 아닌, 내 가족이 아닌, 내 연인이 아닌, 남을 사랑한다는 것은 쉽지 않다. 사랑하는 데에는 합당한 이유가 있어야 한다. 그러니 남을 사랑한다는 것은 여간해서는 할 수 없는 일이다.

그런데 예수는 네 이웃을 네 몸과 같이 사랑하라고 말한다. 이는 네 이웃을 배려하고 삶의 도리를 다하라는 의미이다. 배려와 삶의 도리는 사랑하는 마음 없이는 절대 할 수 없는 일이다. 하지만 사랑하는 마음을 갖게 되면 기쁨도 슬픔도 함께 나누는 것을 기꺼운 마음으로 하게 된다.

법정스님 또한 가을엔 모든 이웃을 사랑해주고 싶고, 단 한 사람도 서운하게 해서는 안 될 것 같다고 말한다.

"남을 위해 일을 할 수 있었다는 것은 어린 시절부터 나의 최대의 행복이었으며 즐거움이었다."

고전주의 음악의 완성자이며 낭만주의 음악의 선구자인 루트비히 판 베토벤Ludwig van Beethoven이 한 말로 타인에 대한 그의 사랑을 잘 알게 한다.

타인을 사랑하라. 타인을 사랑하는 것은 곧 자신을 행복하게 하는 것이며, 더불어 타인을 행복하게 하는 일이다.

타인을 사랑하는 것은 곧 자신을 사랑하는 것이며 행복하게 하는 일이다.

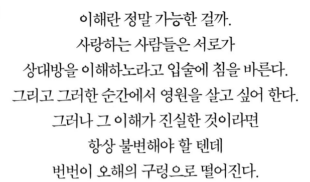

이해란 정말 가능한 걸까.
사랑하는 사람들은 서로가
상대방을 이해하노라고 입술에 침을 바른다.
그리고 그러한 순간에서 영원을 살고 싶어 한다.
그러나 그 이해가 진실한 것이라면
항상 불변해야 할 텐데
번번이 오해의 구렁으로 떨어진다.

법정

· 오해 ·

이해의 본질

이해란 '사물의 본질과 내용 등을 분별하거나 해석하는 것'을 말한다. 어떤 문제에 대해 설명을 하고 "이해가 되었습니까?" 하고 묻는 것은 상대로 하여금 잘못된 이해로 인해 발생될 수 있는 문제를 막기 위해서이다. 여기서 이해가 되었다는 답을 듣게 되면 문제가 없지만, 이해가 되지 않았다고 한다면 이해가 되도록 몇 번이고 이해시켜야 한다. 그렇지 않으면 잘못된 이해나 이해하지 못함으로써 '오해'가 생기기 때문이다.

이런 오해는 대게 자신의 그릇된 이해관계로 인해 빚어진다. 즉 어떤 문제에 있어 자신의 입장에서 생각하기 때문에 상대는 오해를 할 수밖에 없게 된다. 이에 대해 법정스님은 〈오해〉라는 산문에서 "이해란 정말 가능한 걸까"라고 말하며 "그 이해가 진실한 것이라면 항상 불변해야 할 텐데 번번이 오해의 구렁으로 떨어진다"라고 자문자답한다. 그렇다. 완전한 이해를 바라기보다는 상대의 입장에서 생각하는 것이 오해를 줄이게 되고, 그것이야말로 완전한 이해에 가깝게 하는 일이 아닐까 싶다.

완전한 이해를 바라지 마라. 상대의 입장에서 생각할 때 오해를 줄임으로써 완전한 이해에 가까워지는 것이다.

바흐를 좋아하는 사람들은 그의 음악에서
장엄한 낙조 같은 걸 느끼게 될 것이다.
단조로운 듯한 반복 속에 깊어짐이 있기 때문이다.
우리들의 일상이 깊어짐 없는 범속한
되풀이만이라면 두 자리 반으로 족한
'듣기 좋은 노래'가 되고 말 것이다.

법정

· 종점에서 조명을 ·

깊어지는 삶

음악의 아버지라 불리는 요한 세바스찬 바흐^{Johann Sebastian Bach}의 무반주 첼로를 듣다 보면, 처음 얼마간은 지루하고 건조한 듯한 느낌이 든다. 하지만 계속해서 듣다 보면 엄숙함과 장엄함에 선율의 묵직함을 느끼게 된다. 마치 투박한 뚝배기에 담긴 장맛이 깊게 느껴지는 것처럼 마음을 잔잔히 두드려댄다. 그리고 그 감흥의 여운은 오래간다.

우리의 삶 또한 깊어질 때 진한 삶의 여운을 남기게 되고, 깊어지는 삶 속에서 진정한 인생의 기쁨과 행복을 느끼게 된다. 생이 깊어진다는 것은 자신의 인생의 가치를 높이는 일이며, 자신의 존재를 확장시킴으로써 사람들로부터 인정받게 되고 그것은 곧 행복으로 연결되기 때문이다.

삶을 지루하다고 여기는가, 삶을 답답하다고 생각하는가? 그렇다면 문제는 간단하다. 지금의 자신의 모습에서 벗어나라. 새로운 나를 위해, 새로운 내일을 위해 뜨겁게 성찰하고 뜨겁게 오늘을 가라. 그렇게 될 때 깊어지는 삶을 통해 기쁘고 충만한 나를 살게 될 것이다.

인생의 기쁨과 행복을 누리고 싶다면 삶을 깊어지게 하라. 깊어지는 삶은 새로운 나로 사는 것이다.

성찰의 길, 여행

"진정 무엇인가를 발견하는 여행은 새로운 풍경을 바라보는 것이 아니라 새로운 눈을 가지는 데 있다."

현대소설의 창시자이자 《잃어버린 시간을 찾아서》의 저자인 프랑스 소설가 마르셀 프루스트Marcel Proust가 한 말로 여행이 주는 가치에 대해 잘 알게 한다.

여행은 단순히 보고 듣고 느끼는 것만으로도 충분한 가치를 지닌다. 특히 새로운 곳에서 만나게 되는 일상은 꿈결처럼 아늑하기도 하고, 두근두근 가슴을 설레게 한다. 그런데 보고, 듣고, 느끼는 데서 나아가 새로운 것을 성찰한다면 그것은 최상의 여행이 될 것이다.

삶에 지치고, 사람에 치이고, 무엇인가 새로운 도약이 필요하다고 느낄 땐 모든 것을 제자리에 놓아두고 한 번도 가보지 못한 곳으로 여행을 떠나라. 여행을 하다보면 지금껏 볼 수 없었던 또 다른 자신의 모습을 보게 되고, 새로운 생각을 발견하게 되고, 새로운 삶의 멋과 맛을 느끼게 된다. 게다가 지금껏 볼 수 없었던 자신의 감춰진 모습을 보게 되면, 지금과는 다른 자신으로 살고 싶은 간절한 열망에 사로잡히게 된다.

무언가 새로운 에너지가 필요할 땐 주저 없이 떠나라. 여행은 새로운 에너지를 이끌어내는 성찰의 길이다.

여행은 감춰진 자신을 보게 함으로써 새로운 나로 거듭나게 하는 성찰의 길이다.

온전한 사람이 된다는 것은

사람이 사람다워야 한다는 말이 있는데, 이는 온전한 사람을 일러 하는 말이다. 그렇다면 '온전한 사람이 되기 위해서는 어떻게 해야 할까'라는 문제에 이르게 된다.

온전한 사람이 되기 위해서는 첫째, 스스로를 다듬고 가꿀 수 있어야 한다. 사리 분별력을 길러 옳고 그름을 가림으로써 잘못된 길을 가지 말아야 한다. 둘째, 매너리즘에 빠지지 않게 자신을 갈고 닦아야 한다. 오늘도 어제처럼, 내일도 오늘처럼 정체된 삶을 산다면 웅덩이에 고인 물처럼 되고 만다. 셋째, 타인과 사회를 위해 자신을 쏟아 부을 수 있어야 한다. 그것은 곧 사랑이며 관심이다. 이런 마음이 삶을 따뜻하게 하고 모두를 행복하게 한다.

나아가 법정스님은 대인관계를 원만히 하라고 말한다. 대인관계가 막히면 자신의 인생 자체가 얼룩진다는 것이다. 그것은 곧 자신의 인생을 녹슬게 하는 비생산적인 일이기 때문이다.

그렇다. 인간관계가 막히면 모든 것이 막히게 된다. 그것은 발갛게 녹슨 못이 쓸모없는 것처럼, 스스로를 쓸모없는 인간이 되게 한다는 것을 명심하라.

녹슨 삶은 죽은 삶이다. 빛나는 삶을 살기 위해서는 스스로를 갇히게 하지 마라. 자신에게도 타인에게도 성의를 다하라.

침묵의 힘

"말이 많으면 쓸 말은 상대적으로 적은 법이다."

춘추전국시대의 학자이자 사상가인 묵자墨子가 한 말로 불필요한 말을 경계해야 함을 뜻한다.

어느 날 자금이라는 사람이 묵자를 찾아와 말을 잘할 수 있는 방법을 가르쳐 달라고 하자 묵자는 이렇게 말했다.

"그대가 간청하니 예를 들어 보겠소. 파리와 모기는 하루 종일 소리를 내지요. 그런데 그 소리가 아름답다는 생각이 들던가요? 그들이 내는 소리는 아무런 도움이 되지 않으며 오히려 사람들을 괴롭게 할 뿐이지요. 반대로 수탉은 아무 때나 울지 않지요. 수탉은 날이 밝기 시작할 때 우는데 이 소리를 듣고 사람들은 잠에서 깨 하루 일과를 시작하지요."

묵자의 말을 들은 자금은 자신의 무릎을 치며 흔쾌히 돌아갔다.

묵자의 말의 요지는 말을 많이 하지 말라는 뜻이다. 말이 많다보면 쓸 말도 있지만, 상대적으로 불필요한 말 또한 많다. 그렇다. 이를 각별히 유념해서 말을 해야 실수가 없는 법이다.

침묵은 금이라는 말은 불필요한 말을 삼가고 필요한 말만 하라는 뜻이다.
이런 사람은 그 누구도 함부로 여기지 못한다.

> "오늘도 우리들은 용하게 살아남았군요" 하고
> 인사를 나누고 싶다. 살아남은 자가
> 영하의 추위에도 죽지 않고
> 살아남은 화목에 거름을 묻어준다.
> 우리는 모두가 똑같이 살아남은 자들이다.
>
> 법정
>
> • 살아남은 자 •

살아남은 자들의 의무

하루하루를 산다는 것은 그저 사는 것이 아니다. 그것은 기적을 사는 것이다. 생각해보라. 하루에도 이 지구상에는 얼마나 많은 일들이 일어나는지를.

땅이 갈라지고, 집이 무너지고, 해일이 일고, 비행기가 하늘을 날다 추락하고, 배가 암초에 걸려 난파하고, 이기심에 사로잡힌 이들로 인해 전쟁이 일어나 수많은 사람들이 자신의 뜻과는 무관하게 삶을 마감한다. 뿐만 아니라 이런저런 일들로 불행에 침몰당하는 이들의 눈물과 비명이 끊이질 않는다.

그러니 하루를 산다는 것은 그냥 사는 것이 아니라 기적을 사는 것이다. 함께 숨 쉬고, 푸른 하늘을 바라보며 산다는 것은 정녕 축복이 아닐 수 없다. 살아있는 우리 모두는 기적을 사는 축복 받은 자들이다. 그래서 우리는 서로를 위해주고 격려해 주어야 할 의무가 있다. 우리는 모두 삶의 동지들이며, 기적을 사는 사람들이기 때문이다.

　그렇다. 우리는 기적을 살아가는 소중한 존재들이다. 그러니 서로를 다독이고, 위로하고 격려해 주어야 할 의무가 있는 것이다.

우리는 매사를 소중히 해야 한다. 우리는 하루하루 기적을 사는 소중한 존재이기 때문이다.

> 우리가 얼마만큼
> 서로 사랑하느냐에 의해서
> 이해의 농도는 달라질 것이다.
> 진정한 이해는 사랑에서 비롯된다.
>
> 법정
>
> • 진리는 하나인데 •

진정한 이해는 사랑이다

사랑을 하게 되면 상대의 모든 것이 다 사랑스럽다. 그의 밥 먹는 모습도, 웃는 모습도, 말하는 모습도, 잠자는 모습도, 걷는 모습도 어느 것 하나 안 사랑스러운 것이 없다. 설령, 그 사람이 실수를 한다고 해도 그것까지도 아무렇지도 않게 여기게 된다.

왜 그럴까. 사랑을 하게 되면 사랑하는 이를 위해 모든 것을 다 줄 수 있고, 그가 원하는 것이라면 그 어떤 것도 해주고 싶은 마음이 들기 때문이다. 사랑으로 충만해지면 아까울 것도 없고 아쉬운 것도 없다. 심지어는 하나뿐인 목숨도 사랑하는 이를 위해 내놓을 수 있다. 이에 대해 러시아의 단편 작가 안톤 체호프Anton Chekhov는 다음과 같이 말했다,

"사랑할 수 있다는 것은 모든 것을 할 수 있다는 것이다."

옳은 말이다. 깊이 사랑하게 되면 사랑하는 이의 모든 것을 이해해주고 받아주고 싶은 마음이 든다. 상식적으로 이해가 안 되는 것도 사랑의 이름으로 다 이해해 주려고 한다. 따라서 진정한 이해는 사랑이며, 아름다운 사랑은 서로를 진정으로 이해할 때 싹트는 것이다.

사랑은 서로를 진정으로 이해할 때 아름답게 싹트고, 진정한 이해는 사랑하는 마음만이 할 수 있다.

우리는 사랑하기 위한 존재다

우리는 생각하는 존재다. 무엇이 옳고 그른지를 판단할 줄 아는 유일한 동물이다. 상대방의 허물을 덮을 줄도 알고, 용서할 줄도 알고, 배려하고 양보할 줄도 알고, 어려움에 처한 사람을 도와줄 줄도 알고, 새로운 것을 계발해내는 능력을 지닌 창의적인 존재이다.

나아가 우리를 더욱 인간답게 하는 것은 따뜻한 눈빛, 따뜻한 가슴을 가진 존재라는 것이다. 그리고 '사랑'을 추구하는 존재가 바로 우리 인간이며 그것은 곧 인간의 본질인 것이다.

그런데 지금 우리 사회는 서로 뜻이 안 맞는다고, 서로의 생각이 다르다고 서로가 서로를 비난하고 힐책하며 싸우기에 여념이 없다. 진보 진영은 진보 진영대로, 보수는 보수 진영대로 한 치의 양보도 없다. 정치 집단만이 아니다. 계층 간, 세대 간에 있어서도 마찬가지이다. 이는 따뜻한 가슴을 가진 이들이 해서는 안 될 일이다. 양보할 건 양보하고, 인정할 건 인정하고, 받아들일 것은 받아들여야 한다.

우리는 사랑하기 위해 태어난 존재다. 그러므로 각 개개인은 '사랑'의 실체이며 그 주체이다. 따라서 우리는 사랑해야 할 의무와 권리를 가진 존재인 것이다.

사랑하라, 한 번도 미워하지 않은 것처럼. 우리는 사랑하고 사랑받기 위해 태어난 존재이다.

진정으로 하고 싶은 일

> 자기 관리를 제대로 하려면
> 바깥 소리에 팔릴 게 아니라
> 자신의 소리에 귀를 기울여야 한다.
> 진정한 스승은 밖에 있지 않고
> 내 안에 깃들여 있다.
>
> 법정
>
> • 자기 관리 •

자기 관리의 중요성

과거에도 그러했지만 복잡 미묘한 현대를 살아가기 위해서 자기 관리는 반드시 필요하다. 자기 관리를 어떻게 하느냐에 따라 인간 관계를 돈독히 할 수도 있고, 인간관계가 막힐 수 있기 때문이다.

동서고금을 막론하고 성공적인 삶을 살았던 사람들은 하나같이 자기 관리에 능통하다는 공통점을 갖고 있다. 그들에게서 볼 수 있는 특징 중 가장 보편적이면서도 가장 확실한 것은 자신에게 철저했다는 것이다. 자신들이 하는 말과 행동이 일치하도록 내면을 탄탄하게 다지는 데 노력을 아끼지 않았다. 그들은 자기 내면의 소리에 늘 귀를 기울이며, 자신들의 몸과 마음을 가다듬었다.

"생각과 말과 행동이 항상 조화롭게 일치하도록 해야 한다. 당신의 생각이 맑고 깨끗하도록 가다듬는 것에 정진하게 되면 모든 것이 잘 될 것이다."

이는 인도 독립의 아버지 마하트마 간디Mahatma Gandhi가 한 말로 어떻게 자신을 가꾸고 처신해야 하는지를 잘 알게 한다. 다시 말해 자기 관리에 엄격해야 할 필요성에 대해 잘 알게 한다.

자신의 인생을 잘 살아가기 위해서는 자기 관리가 필수 조건인 것이다.

자기 관리는 자신의 인생을 혁신시키는 필수 조건이다.

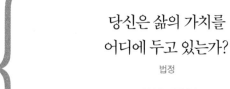

당신은 삶의 가치를
어디에 두고 있는가?
법정

• 바람 부는 세상에서 •

삶의 가치를 드높이는 자세

가치는 '인간이 대상과의 관계에 의해 지니게 되는 중요성'을 일 컫는다. 그러니까 대상이 사람이든, 일이든, 어떤 목적을 지니든 그것과의 관계가 잘 이어지고 유지되어야 한다. 그래야 자신이 하는 일을 가치 있게 이끌어 낼 수 있다.

이를 좀 더 부연해서 말한다면 가치 있는 인생은 삶을 가치 있게 살 때 비로소 살아지게 된다는 것이다. 생각해보라. 아무런 노력도 하지 않는데, 어떻게 가치 있는 삶을 드높일 수 있는지를. 이에 대해 아일랜드의 극작가이자 노벨문학상 수상자인 조지 버나드 쇼 George Bernard Shaw는 이렇게 말했다.

"사람은 자기 자신을 찾는 여정이 아니다. 자기 자신을 만드는 과정이다."

조지 버나드 쇼의 말에서 '자기 자신을 만드는 과정'이란 말은 자신을 가치 있는 인생이 되게 노력함을 의미한다.

그렇다면 가치 있는 삶을 살기 위해서는 어떻게 해야 할까?

자기 자신만을 위한 삶이어야 할까, 아니면 자신은 물론 타인과 사회를 위한 삶이어야 할까. 당연히 자신은 물론 타인과 사회를 위해 살 때 삶의 가치를 드높이게 되고, 가치 있는 인생을 살게 된다.

가치 있는 인생을 살고 싶다면, 가치를 높이는 일에 열중해야 한다.

삶의 가치를 어디에 두는가에 따라 그 사람의 인생의 가치가 결정된다.

> 오늘의 문명은 머리만 믿고,
> 그 머리의 회전만을 과신한 나머지
> 가슴을 잃어가고 있다.
> 중심에서 벗어나 크게 흔들리고 있다.
> 가슴이 식어버린 문명은 그 자체가 병든 것이다.
>
> 법정
>
> · 그 산중에 무엇이 있는가 ·

가슴을 잃은 문명

머리만 있는 문명은 기계적인 문명이다. 편리함은 있지만 뜨거움이 없다. 가슴을 잃어버린 문명은 나와 너, 우리의 관계를 삭막하게 한다. 편리한 것도 좋지만, 인간 본연의 따뜻함을 잃는다는 것은 바람직하지 않다.

머리만 있는 문명을 추구해서일까, 사람들의 가슴도 점점 차갑게 식어가고 있는 듯하다. 인터넷의 발달로 전자 메일이 생겨나자 편리함을 쫓아 전자 메일을 이용하다 보니, 손 편지 쓰는 일이 아주 드물어졌다. 전자 메일은 편리함과 신속함은 있지만, 따뜻함이 없다. 비록 편지는 우체국에 가야 하는 불편함은 있지만, 편지를 보낸 이의 따뜻한 마음을 느낄 수 있어 살갑고 정겹다.

또한 가난했던 시절에도 떡을 하면 이웃 간에 나눠 먹고, 김장을 할 땐 다 같이 모여 웃음꽃을 피웠다. 그리고 집집마다 돌아가면서 김장을 했다. 이른바 품앗이라는 것은 따뜻한 정의 표현이었다.

그러나 물질문명이 발전하면서 이러한 따뜻한 풍경은 점점 우리의 시야에서 사라지고 있다. 가슴을 잃은 문명은 점점 더 우리를 기계적인 인간으로 만들고 있다. 과거로 회귀할 수는 없지만, 더는 따뜻한 가슴을 잃지 않도록 각별히 노력해야 한다.

가슴을 잃은 문명은 기계적인 문명이다. 인간의 본성을 잃지 않도록 가슴을 따뜻하게 하는 일에 열중해야 한다.

{

'나는 누구인가?' 하고
안으로 진지하게 묻고 또 물어야 한다.
해답은 그 물음 속에 있다.

법정

• 명상으로 삶을 다지라 •

}

나는 누구인가

"당신은 당신 자신에 대해 얼마나 알고 있는가?"라고 묻는다면 자신에 대해 다 알고 있다고 말할 수 있는 사람은 과연 얼마나 될까. 이 물음은 어쩌면 어리석은 질문일지도 모른다. 자신에 대해 완전히 알고 있는 사람은 없기 때문이다.

우리를 앞서 살았던 동서양의 선각자들은 평생 이 물음의 해법을 찾기 위해 살았다. 하지만 자신에 대해 완전히 알았다고 말한 사람은 없다. 그만큼 자신을 완전히 이해한다는 것은 어려운 일이다. 다만 오랜 시간 명상과 수행을 통해 인생의 일부를 깨우쳤을 뿐 완전한 깨달음은 아니었다.

그렇다면 범인凡人인 우리는 어떠한가. 우리는 그들의 삶의 일부

분도 깨닫지 못한 채 살고 있는 건 아닐까 생각한다. 그렇다면 우리가 어떻게 해야 하는지는 명약관화하다. 스스로 생각하는 시간을 가져야 한다. 자기 속의 또 다른 자기와 '나는 누구인가'를 끊임없이 묻고 대답해야 한다. 그러는 과정에서 자신에 대해 깊이 성찰하게 되고, 삶에 대해 깨닫게 된다. 물론 그렇게 한다는 것은 수행자의 그것처럼 쉽지 않다.

　하지만 그래도 자신과의 대화를 멈춰서는 안 된다. 그것은 자신의 결함을 줄이는 일이며, 자신을 새롭게 하는 정신세례精神洗禮와도 같기 때문이다.

항상 '나는 누구인가?' 하고 자신에게 물어라.
그것은 새로운 자신을 찾는 일이다.

단순하게 사는 삶

《조화로운 삶》의 공동 저자인 헬렌 니어링Helen Nearing과 스코트 니어링Scott Nearing은 부부로 번잡한 도시를 떠나 버몬트의 작은 마을로 이주했다. 그리고 20년이 넘는 세월을 그곳에서 살며 노동 4시간, 지적 활동 4시간, 친교 활동 4시간의 원칙을 삼고 실천하는 삶을 살았다.

헬렌 니어링은 바이올린을 전공하고, 유럽 여러 나라를 자유롭게 여행하는 등 문명 생활을 즐기며 살았다. 스코트 니어링은 저술과 강연으로 사람들에게 널리 알려진 저명한 교수 출신 인사다. 화려한 경력을 가진 이들이 버몬트로 이주한 것은 자본주의와 제국주의 사회의 대안으로 '생태적 자치사회'를 실천하기 위한 것이었다. 이들은 기계를 사용하지 않고 되도록 손을 이용해 일했으며, 자급자족을 통해 최소한의 먹을 것을 생산했다. 또한 돈을 모으지 않고, 고기를 먹지 않는 단순한 삶을 살았다. 이들의 삶은 전세계적으로 귀농과 채식의 붐을 일으켰으며, 한마디로 새로운 삶을 모색하여 제시한 이상적 삶의 구현자라고 할 수 있다.

그들처럼 산다는 것은 쉽지 않다. 하지만 삶을 단순화시키고 최소화시킬 수 있다면, 자신의 내면을 보다 맑게 살아가는 데 큰 도움이 될 것이다.

단순한 삶은 쉽지 않지만, 살 수만 있다면 보다 행복에 근접할 수 있다.
인간의 본질을 가장 투명하게 성찰할 수 있기 때문이다.

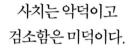

사치는 악덕이고
검소함은 미덕이다.

법정

• 비닐봉지 속의 꽃 •

검소한 삶

프랑스 단편소설가인 기 드 모파상 Guy de Maupassant의 소설《목걸이》를 보면 인간의 허영심이 인생에 미치는 부정적인 영향에 대해 잘 알 수 있다. 이 소설의 여주인공인 마틸드는 미모의 여성이지만 가난한 공무원을 남편으로 두었다. 하지만 그녀는 아름다운 정원이 딸린 대저택에서 황금 촛대로 멋지게 장식된 으리으리한 삶을 상상한다. 그러다 보니 산다는 것을 행복이 아니라 고통처럼 여겼다.

그러던 어느 날 남편이 근무하는 문부성 파티에 가족들이 초대되었다. 남편은 옷 타령을 하는 그녀를 위해 아끼고 모은 용돈을 주었다. 그리고 친구에게 빌린 목걸이를 하고 파티에 참석했다. 멋진 파티가 끝나고 나서 목걸이가 없어진 걸 알고는 10년 동안 파출부 일로 모은 돈으로 3만 6천 프랑짜리 목걸이를 사서는 친구에게 갖다 주며 그동안 있었던 이야기를 한다. 그녀의 말을 듣고 친구는 그것은 500프랑 하는 가짜라며 안타까워한다. 10년 동안 파출부를 한 마틸드의 얼굴은 잔주름이 지고, 피부는 탄력을 잃어 예전의 고왔던 그녀의 모습은 어디에도 없었기 때문이다.

　허영심과 사치는 삶을 파멸에 이르게 하는 무서운 독과 같다. 그러나 검소한 삶은 인생을 여유롭게 하고 활기차게 한다. 사치를 경계하고 검소한 삶을 습관화하라.

사치와 허영심은 반드시 버려야 할 마음의 독이다.

> 마음을 활짝 열어 무심히 꽃을 대하고 있으면
> 어느새 자기 자신도 꽃이 될 수 있다.
>
> 법정
>
> • 수선 다섯 뿌리 •

마음을 열고 바라보라

사람을 대할 때나 사물을 대할 때 마음을 열고 바라보아야 한다. 마음을 연다는 것은 곧 이 순간 내가 너와 함께한다는 무언의 약속과도 같기 때문이다. 마음을 열고 상대를 대하면 상대에 대해 좀 더 이해하게 되고, 그의 마음을 진정으로 받아들이게 됨으로써 일체화된 마음을 갖게 된다. 일체화된 마음은 서로를 이해하고 가까이 하는 데 큰 도움이 된다.

그리고 마음을 열고 사물을 바라보면 사물에 대해 좀 더 이해하게 되고, 사물과 일체화됨으로써 보다 더 사물을 진중하게 생각하게 된다. 이에 대해 법정스님은 마음을 열고 무심히 '꽃'을 바라보면 자신도 꽃이 될 수 있다고 말한다. 여기서 중요한 것은 '무심히'

바라보는 행위로 이는 '욕심' 없는 마음을 의미한다. 욕심이 없다는 것은 '무'의 마음이고, 무의 마음은 모든 것을 '초탈'하는 마음이다.

이를 잘 알게 하는 철학자가 장자莊子다. 장자의 사상은 속세로부터의 초탈을 의미한다. 물론 이는 철학적 사유로써의 초탈을 말한다. 범인凡人인 우리가 장자의 초탈적인 삶을 산다는 것은 어려운 일이다. 하지만 그런 마음으로 살기 위해 노력한다면, 사람들은 물론 사물과도 친화적인 삶을 통해 행복에 좀 더 가까이 다가갈 수 있을 것이다.

마음을 열고 바라보라. 그러면 사람이든 사물이든 좀 더 이해하게 됨으로써 행복한 삶에 이르게 된다.

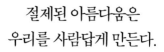

절제된 아름다움은
우리를 사람답게 만든다.

법정

· 어느 오두막에서 ·

우리를 아름답게 하는 것

절제의 미덕이란 말이 있다. 인간의 삶에서 절제는 도덕처럼 바르고 아름다운 일이라는 의미이다. 왜 그럴까. 절제는 욕망의 브레이크와 같기 때문이다. 맛있는 음식을 넘치도록 먹고 싶은 욕망을 그대로 두면 맛있는 음식은 독이 되어 건강을 해칠 수 있다. 또한 낭비벽이 심해 절제하지 못하면 파산에 이르게 되고, 탐욕이 넘치다 보면 비도덕적인 사람으로 파멸의 길을 걸어가게 된다. 이때 절제력이 가동되면 적당한 선에서 먹기를 중단하고, 낭비와 탐욕을 멈추게 된다.

"입에 맞는 맛은 창자를 짓무르게 하고 뼈를 썩게 하는 약이다. 반쯤으로 끝내면 재앙은 없을 것이며, 마음에 상쾌한 일은 모두 몸을 망치고 덕을 잃게 하는 매체다. 이에 반쯤에서 멈추면 뉘우침이 없을 것이다.”

이는 《채근담》에 나오는 말로 절제의 필요성을 잘 알게 한다. 또한 《예기》에는 “인생의 낙은 과욕에서보다 절욕에서 찾아야 한다. 올바른 마음을 가지고 욕심을 제어하면, 그곳에 절로 낙이 있으며 봉변을 면하게 된다. 허욕을 버리면 심신이 상쾌하다”는 말이 있는데 삶의 즐거움은 절제에서 온다는 것을 잘 알게 한다.

그렇다. 절제는 자신의 인생을 아름답게 하는 삶의 미덕이다.

절제는 인생의 미덕이며 삶의 브레이크이다.

> 좋은 세상이란 사람과 사람 사이에
> 믿음과 사랑의 다리가 놓여진 세상이다.
>
> 법정
>
> • 개울물에 벼루를 씻다 •

좋은 세상

아름다운 세상, 좋은 세상이란 믿음과 사랑이 함께하는 세상이다. 아무리 물질적으로 풍요로워도, 믿음과 사랑이 없으면 좋은 세상이라고 할 수 없다. 믿음과 사랑이 없으면 인간에 대한 예의는 물론 배려는 고사하고, 불신이 난무하게 된다. 불신이 난무하는 세상은 불법이 판을 치고, 가진 자들과 힘 있는 자들이 활개를 치며, 질서는 흐트러지고 가진 것 없고 힘없는 사람들만 고통 속에서 살아가게 된다.

좋은 세상을 만들기 위해서는 저마다 믿음과 사랑을 길러야 한다. 믿음과 사랑을 기르기 위해서는 첫째, 상대와의 약속은 반드시 지켜야 한다. 약속은 신뢰를 의미하기 때문이다. 둘째, 성실하게 말하고 행동해야 한다. 성실한 사람은 믿음을 주기에 부족함이 없다. 셋째, 상대에 대한 배려심을 길러야 한다. 배려는 사랑 없이는 할 수 없기 때문이다. 넷째, 상대를 이해하고 받아들이는 이해심을 길러야 한다. 이해하고 받아들이는 행위는 사랑이기 때문이다.

믿음과 사랑은 늘 함께한다. 믿게 되면 사랑하게 되고, 사랑하게 되면 믿게 된다. 그런 까닭에 서로가 서로를 믿고 사랑하면 좋은 세상은 활짝 열리는 것이다.

믿음은 사랑에서 오고, 사랑은 믿음에서 온다.
믿음과 사랑은 세상을 아름다운 꽃밭으로 만드는 마음의 보석이다.

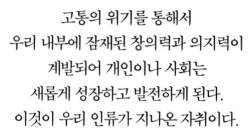

고통의 위기를 통해서
우리 내부에 잠재된 창의력과 의지력이
계발되어 개인이나 사회는
새롭게 성장하고 발전하게 된다.
이것이 우리 인류가 지나온 자취이다.

법정

· 비닐봉지 속의 꽃 ·

고통의 힘

고통을 고통으로 여기면 고통으로 끝나게 된다. 하지만 고통을 새로운 나를 위한 삶의 선물로 여겨 이겨내려고 최선을 다하면 고통은 기쁨으로 다가온다. 고진감래苦盡甘來라는 말이 있듯, 고통이 지나면 즐거움이 오기 때문이다.

르네상스 시대의 대표적인 화가이자 조각가, 건축가인 미켈란젤로 부오나로티Michelangelo Buonarroti. 그는 다방면에서 뛰어난 천재였다. 한 사람이 한 분야에서 재능을 발휘하는 것도 쉽지 않은데 여러 분야에서 최고로 인정 받는다는 것은 천부적인 재능으로밖에는 설명되지 않는다.

미켈란젤로는 예술 정신이 투철할 뿐만 아니라 열정이 뜨거운 예술가였다. 그는 오직 예술 정신에 입각하여 활발히 작품 활동을 전개했다. 예술가로서 명성은 높았지만 그의 삶은 늘 어려웠다. 그는 단칸방에서 여러 명의 조수와 함께 지내며 가난과 싸운 끝에 〈피에타〉, 〈다비드〉, 불후의 명작이라 불리는 〈최후의 심판〉을 그렸으며, 성 베드로 성당을 건축했다.

미켈란젤로가 불후의 명작들을 남길 수 있었던 것은 작품에 대한 열정과 가난의 고통을 이겨냈기 때문이다. 고통 속에서도 그의 창의력이 꺾이지 않은 것처럼 그 어떤 고통도 감내한다면 자신이 바라는 삶을 살게 될 것이다.

고통을 고통으로 여기면 그것은 고통으로 끝나게 된다.
고통을 기쁨으로 만들기 위해서는 고통을 딛고 일어서야 한다.

살아서 움직이는 것은 늘 새롭다.
새로워지려면 묵은 생각이나
낡은 틀에 갇혀 있지 말아야 한다.
어디에건 편하게 안주하면
곰팡이가 슬고 녹이 슨다.

법정

• 겨울 채비를 하며 •

새로워진다는 것은

지금과 다르게 살고 싶다면 새롭게 자신을 변화시켜야 한다. 그렇지 않으면 매일 그날이 그날처럼 여겨질 것이다.

자신을 변화시키기 위해서는 어떻게 해야 할까. 첫째, 낡은 생각은 쓰레기통에 던져버려라. 낡은 생각은 고정관념에 불과하다. 둘째, 목표를 정하고 그것을 이루기 위해 그에 맞는 계획을 세워 정진하라. 셋째, 게으름은 변화의 적이다. 부지런히 움직이고 창의적으로 생각하라. 넷째, 깊게 생각하고 넓게 보는 눈을 길러라. 깊은 생각과 넓은 시야 속에 새로운 길이 열린다. 다섯째, 새로운 정보를 입수하고, 다양한 분야의 독서를 통해 견문을 넓혀라.

"살아남은 것은 가장 강한 종이나 가장 똑똑한 종들이 아니라,

변화에 가장 잘 적응하는 종들이다."

이는《종의 기원》으로 유명한 찰스 다윈Charles Darwin이 한 말로 변화의 중요성을 잘 알게 한다. 변화는 생존을 위해 반드시 필요한 수단이기 때문이다. 새로워진다는 것은 새로운 나로 거듭남을 의미하고, 그러기 위해서는 새로워지려는 노력을 하지 않으면 안 된다. 낡은 생각, 낡은 틀, 안주하는 마음을 늘 경계하고 힘써야 함을 잊지 마라.

변화의 적은 묵은 생각이나 낡은 틀, 그리고 안주하는 마음이다.
새로운 내가 되기 위해서는 이 모든 것에서 반드시 벗어나야 한다.

첫 마음

첫사랑, 첫 만남, 첫 키스 등 '처음'이라는 말은 늘 설레게 한다. 처음이라는 것은 아무 것에도 손을 타지 않은, 색으로 치면 순백의 색처럼 투명하기 때문이다. 첫 마음 또한 마찬가지다.

어느 핸가 함박눈이 내린 날 이른 아침 서울에 가기 위해 일찍 길을 나서는데 눈을 밟기가 눈에게 너무 미안했다. 마치 잡티 하나 없는 맑고 깨끗한 얼굴을 보는 듯해서였다.

자연의 순결성, 그랬다. 자연에 대한 강한 순결성을 훼손하는 것 같은 마음이 눈에게 미안함으로 작용했던 것이다.

이와 마찬가지로 첫 마음은 삶의 순결성이다. 첫사랑을 시작할 때도 처음 가졌던 마음을 지켜 행한다면 아름답고 행복한 사랑을 키워나갈 수 있고, 첫 직장에서 일을 시작할 때의 마음을 지켜 행하면 보람 있는 직장 생활을 하게 된다.

이처럼 첫 마음을 잃지 않고 초지일관할 수 있어야 한다. 그렇게만 할 수 있다면 행복한 사랑, 행복한 직장 생활로 행복한 삶 속에서 행복한 나로 살아갈 수 있게 될 것이다.

첫 마음은 삶의 순결성이다. 삶의 순결성인 첫 마음, 그 마음을 잃지 마라.

> 세상에 공짓은 어디에도 없다.
> 모두가 스스로 뿌려 스스로 거둘 뿐이다.
>
> 법정
>
> • 눈고장에서 또 한 번의 겨울을 나다 •

공짜는 없다

"눈물을 흘리며 씨를 뿌리는 자는 기쁨으로 거두리로다. 울며 씨를 뿌리러 나가는 자는 반드시 기쁨으로 그 곡식 단을 가지고 돌아오리로다."

이는 구약성경(시편 126: 5-6)에 나오는 말씀이다. 눈물로써 씨를 뿌린다는 말은 고통이 따르더라도 노력을 다할 것을 의미하고, 그 결과는 반드시 기쁨으로 열매를 거둔다는 것을 뜻한다. 여기서 우리가 생각할 것은 '반드시'라는 단어이다. 즉 노력을 다해 최선을 다하면 그에 대한 대가를 받게 된다는 확신을 일러 하는 말이다.

그렇다. 노력은 인간을 배신하지 않는다.

그런데 사람들 중엔 이런 평범한 진리를 잊고 공짜를 바라고, 요행을 바라고, 일확천금을 꿈꾸는 일에 목을 맨다. 카지노에는 인생의 한 방을 믿고 가진 것 다 잃고 배회하며 노숙자로 지내는 이들이 넘쳐나고, 인터넷 게임으로 한 방을 믿다 범죄에 빠지는 이들이 한둘이 아니라고 하니, 공짜를 바라는 것은 마약과 같은 것이다. 반드시 이를 경계해야 한다.

그 시간에 땀을 흘리고, 눈물의 고통이 따르더라도 인내함으로써 노력을 바쳐라. 그러면 반드시 기쁨으로 원하는 결과를 얻게 될 것이다.

공짜를 복이라고 믿는 이들이 있다.
그러나 공짜는 마약과 같은 것이다. 공짜를 경계하라.

함께하는 자

그 사람 주변 친구를 보면 그 사람이 어떤 사람인지를 알게 된다
는 말이 있다. 사람은 끼리끼리 어울리기에 하는 말이다. 이를 증
명하듯 훌륭한 인품을 가진 이의 주변엔 역시 훌륭한 인품을 지닌
이들이 많다. 하지만 품행이 방정하지 못한 이의 주변엔 역시 같은
부류의 사람들이 많다.

윈스턴 처칠Winston Churchill에게는 그의 목숨을 두 번이나 구해준
알렉산더 플레밍Alexander Fleming이 있었다. 처칠이 어린 시절 시골
에 있는 별장에 갔다 물에 빠진 것을 플레밍이 구해주었다. 그 날
이후 둘은 친구가 되었다. 처칠은 아버지에게 말해 플레밍을 런던
으로 데려와 공부할 수 있게 했다. 플레밍은 훗날 페니실린을 발명

하여 전쟁 중에 병에 걸린 처칠의 목숨을 구해주었다. 이 둘은 둘도 없는 우정으로 서로를 아끼고 격려한 끝에 처칠은 영국의 위대한 정치가로, 플레밍은 위대한 의학자가 되었다.

또한 그림 '기도하는 손'으로 유명한 뒤러는 그를 위해 자신을 희생한 친구의 우정이 있었기에 유명 화가가 될 수 있었다. 자신에게 힘이 되어주는 이들과 함께하라.

사람에게 가장 큰 영향을 끼치는 존재는 사람이다.
누구와 함께하느냐에 따라 그 사람의 인생은 결정된다.

신뢰의 중요성

현대그룹을 창업한 정주영은 청년시절 혈혈단신 맨주먹으로 서울에 올라와 부두 막노동을 하고, 쌀 배달을 하는 등 온갖 고생을 마다하지 않았다. 그는 쌀 배달을 하면서 주인의 신임을 얻어 쌀가게 주인이 되었고, 자동차 공업사를 차려 훗날 현대그룹을 창업하여 세계적인 기업으로 키울 수 있었다. 그의 말 한마디는 보증수표로 통할 만큼 사람들에게는 신뢰에 있어서 신화와 같은 존재였다.

이렇듯 인간관계가 물 흐르듯 자연스럽게 이루어지려면 '신뢰'가 바탕이 되어야 한다. 신뢰는 서로를 강하게 끌어당기게 하고, 매듭짓게 하는 '믿음의 벨트'이기 때문이다.

그러나 신뢰가 깨지는 순간 그 모든 관계는 와르르 무너지고 만다. 이에 대해 스위스 작가 아미엘^{Amiel}은 다음과 같이 말했다.

"신뢰는 유리거울 같은 것이다. 한 번 금이 가면 원래대로 하나가 될 수 없다."

옳은 말이다. 신뢰는 유리거울과 같은 것이기에 매사에 있어 신뢰를 잃지 않도록 해야 한다. 신뢰를 잃으면 모든 것을 잃게 되기 때문이다.

신뢰는 믿음의 보증수표다. 신뢰를 지키면 모든 것을 얻고, 지키지 않으면 모든 것을 잃게 된다.

> # 시작이 있는 것은 반드시 끝이 있다.
> 법정
>
> • 가난을 건너는 법 •

시작과 끝은 하나다

작시성반作始成半, 이는 '시작이 반이다'라는 사자성어로 무슨 일이든 처음에 시작하기가 어렵지 일단 시작하면 끝마치는 일은 어렵지 않음을 이르는 말이다. 바른 지적이다. 무슨 일이든 처음 시작할 땐 망설여지게 된다. 이 일을 과연 잘 해낼 수 있을까, 이 일이 과연 성공할 수 있을까 하는 등의 생각이 꼬리에 꼬리를 물고 이어지기 때문이다. 이런 마음은 정도의 차이가 있을 뿐 누구나 갖게 되는 마음이다.

그러나 이런 마음에 계속 갇히게 된다면 그 어떤 일도 시작할 수 없고, 시작한다고 해도 자신의 능력을 발휘하는 데 제약을 받게 된다. 시작하겠다고 결심을 하면, 걱정은 뒤로 물리고 열정을 다해 그 일에 매진하도록 해야 한다. 땀을 흘리고 열심히 하다보면 반드시 좋은 결과를 얻게 된다.

왜 그럴까. 시작이 좋으면 끝도 좋기 때문이다. 생각해 보라. 시작이 좋은데 어떻게 끝이 안 좋을 수 있는지를. 끝이 안 좋을 때에는 거기엔 반드시 안 좋은 이유가 있기 마련이다. 가령, 시작을 하면서도 일에 대한 확신이 없거나 최선을 다해 열정을 바치지 않았거나 하는 등의 부정적인 요소가 있기 때문이다. 무슨 일을 하든 세밀하게 계획을 세우고 철저하게 준비한 다음 긍정적인 마인드로 기분 좋게 시작하면 된다. 그러면 긍정적인 결과를 얻게 될 것이다.

모든 일은 처음 시작이 중요하다. 끝을 잘 마치고 싶다면 긍정적으로 시작하고, 열정을 다하라.

우리가 누리는 행복은
크고 많은 것에서보다 작은 것과 적은 곳에 있다.
크고 많은 것만을 원하면 그 욕망을 채울 길이 없다.
작은 것과 적은 곳 속에 삶의 향기인
아름다움과 고마움이 스며 있다.

법정

• 가난을 건너는 법 •

작고 적은 것에서 찾는 행복

사람들이 흔히 하는 착각 중 하나가 행복은 큰 것에 있고, 많은 것에 있다고 생각하는 것이다. 그러다 보니 좋은 집도 있고, 좋은 직장도 있고, 많은 돈이 있어야 한다고 생각한다.

물론 크고 많은 것은 행복하게 한다. 하지만 그 행복은 오래가지 않는다. 행복이란 상황에 따라 늘 변하기 마련이다. 행복을 자주 느끼고 싶다면 작고 적은 것에서 느끼도록 해야 한다. 그러면 수시로 행복을 느끼게 됨으로써 더 많이 자신을 행복하게 할 수 있다.

그리고 보다 중요한 것은 행복을 받으려고만 하지 말고, 남에게 행복을 베푸는 일에 열정을 바쳐야 한다는 것이다. 베풀다 보면 자신은 더 큰 행복을 받게 되기 때문이다. 이에 대해 독일의 시인인 글라임Gleim은 다음과 같이 말했다.

"남을 복되게 하면 자신은 한층 더 행복해진다."

글라임의 말에서 보듯 남을 복되게 하고, 행복하게 한다면 자신이 느끼는 행복은 배가 된다. 주는 사랑이 받는 사랑보다 더 행복하듯, 행복 또한 베풂 속에서 더욱 커지기 때문이다.

행복은 작고 적은 것에서 찾아라. 그래야 더 많은 행복을 느낌으로써 오래 행복할 수 있다.

쇠에서 생긴 녹이
쇠 자체를 못 쓰게 만든다.

법정

• 산천초목에 가을이 내린다 •

녹

쇠는 단단하고 강하다. 그래서 현대건축에서는 빌딩을 짓거나 다리를 놓거나 하는 데 있어 철은 빠질 수 없는 중요한 건축자재이다. 특히, 빌딩 자체를 철로 짓는 경우가 많다. 철로 지은 빌딩은 감각적이고 매우 심플하다. 프랑스의 에펠탑을 보면 이는 여실히 증명된다.

그러나 철은 강하고 단단한 반면 녹에는 매우 취약하다. 언젠가 발갛게 녹이 슨 채 버려진 철문을 본 적이 있다. 녹이 마치 쇠붙이를 갉아 먹은 듯 철문 여기저기는 구멍이 숭숭 나있는 게 보기가 여간 흉한 게 아니었다. 바이러스가 사람을 공격하여 병을 일으키고, 생명을 빼앗듯이 녹은 철에게 바이러스와 같은 존재다.

이와 마찬가지로 사람에게 있어 녹이라고 할 수 있는 것은 게으름, 나태함, 탐욕, 부정적인 생각, 무책임 등을 들 수 있다. 게으름과 나태함은 사람을 게으름뱅이로 만들어 해야 할 것을 제대로 못하게 만들고, 탐욕은 파멸에 이르게 하고, 부정적인 생각은 할 수 있는 것조차도 못하게 만들며, 무책임은 성실하지 못한 사람으로 낙인 찍히게 한다. 자신을 잘못되게 하는 녹과 같은 것으로부터 벗어나야 한다. 그래야만 자신이 원하는 삶을 살게 된다.

녹이 쇠를 못 쓰게 하듯 사람에게 있어 게으름, 나태함, 탐욕, 부정적인 생각, 무책임 등은 녹과 같아 파멸로 이끈다.

생명을 존중하는 마음은
하나의 느낌이나 자세가 아니다.
그것은 온전한 삶의 방식이고,
우리 자신과 우리 둘레의
수많은 생명체들에 대한 인간의
신성한 의무이기도 하다.

법정

• 인디언 '구르는 천둥'의 말 •

생명을 존중하라

세계 도처에서 일어나는 사건들을 보면 사람들의 생명을 마치 종이처럼 생각하는 것 같다. 자살 폭탄으로 고귀한 생명을 앗아가고, 개인적인 불만으로 아무 잘못도 없는 사람들을 향해 총을 난사하는 등 그야말로 무법에다 무질서가 난무한다.

지금 우리 사회는 또 어떠한가. 연일 터지는 불미스러운 일로 매스컴이 시끌벅적하다. 자신이 낳은 죄 없는 어린 생명의 목숨을 빼앗고, 자신과 무관한 사람들의 생명을 빼앗아 분노로 들끓게 한다.

사람의 생명을 손상시킨다는 것은 천인공노할 일이며, 그 어떤 이유로도 천벌을 면치 못할 일이다. 이는 비단 사람뿐만이 아니다.

자신이 기르던 개를 비닐봉지에 싸서 쓰레기통에 버리는가 하면, 고양이를 무참하게 죽여 길에다 버리고, 남의 집 개를 잡아먹는 사람들도 있다.

살아있는 것들은 사람이든, 동물이든 그 무엇이라 할지라도 다 소중하다. 생명을 존중하는 것은 온전한 삶의 방식이고, 인간의 신성한 의무라는 사실을 잊지 말아야겠다.

살아 있는 모든 것들은 존재할 이유가 있기에 존재하는 것이다. 이들 생명을 존중하라.

자신을 살피는 일

일일삼성─日三省이란 말이 있다. 하루에 세 번씩 자신을 돌아보라는 말이다. 이 말이 생긴 유래는 다음과 같다. 공자의 제자인 증자는 자기반성을 잘한 것으로 유명하다. 그는 "나는 날마다 다른 사람을 위해 계획하고 정성을 다 했는가, 친구와 사귀면서 믿음을 잃지 않았는가, 스승에게 배운 것을 익히지 못했는가를 살피는 일에 힘쓴다"고 말했다. 그가 훌륭한 학자가 된 데에는 자기반성에서 오는 성찰이 있었음을 알 수 있다.

현대를 사는 우리는 무엇을 살펴야 할까. 우리는 증자처럼은 할 수 없어도 자신이 오늘 하루 어떤 삶을 살았는가는 충분히 살필 수 있다. 오늘 잘한 일을 무엇이며, 잘못한 일은 무엇인가를 살핌으로써 잘한 것은 더 잘할 수 있게 하고, 잘못한 일은 깊이 반성함으로써 자신의 삶을 잘못되지 않고 바르게 해야 한다.

하지만 자신을 살피지 않거나 게을리한다면 지금보다 더 나은 자신으로 살아갈 기회를 잃게 된다. 자신을 살피는 일은 곧 스스로를 위한 참길을 찾는 일이다.

자신을 살피는 일에 힘쓰는 자는 자신을 다이아몬드가 되게 하고, 그렇지 않은 자는 아무것도 아닌 것으로 살아가게 된다.

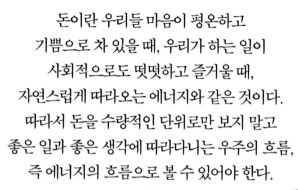

돈이란 우리들 마음이 평온하고
기쁨으로 차 있을 때, 우리가 하는 일이
사회적으로도 떳떳하고 즐거울 때,
자연스럽게 따라오는 에너지와 같은 것이다.
따라서 돈을 수량적인 단위로만 보지 말고
좋은 일과 좋은 생각에 따라다니는 우주의 흐름,
즉 에너지의 흐름으로 볼 수 있어야 한다.

법정

• 새벽 달빛 아래에서 •

돈을 보는 눈

사람이 돈을 따르지 말고, 돈이 사람을 따라야 한다는 말이 있
다. 돈을 벌려면 이래야 한다는 일종이 돈 버는 원리랄까, 아무튼
돈은 억지로 벌려고 해서는 안 된다는 것을 의미한다.

그런데 법정스님은 이런 보편적 진리를 떠나 새로운 해석을 내
린다. 즉 돈이란 우리들 마음이 평온하고 기쁨으로 차 있을 때, 우
리가 하는 일이 사회적으로도 떳떳하고 즐거울 때, 자연스럽게 따
라오는 에너지와 같은 것이라는 것이다. 이는 무엇을 말하는가. 한
마디로 돈은 평온과 기쁨, 사회적으로 떳떳하고 즐거울 때 오는 값

진 가치성을 지닌 것이라는 것이다. 그리고 나아가 돈을 우주의 흐름, 에너지의 흐름으로 보라는 것이다.

이처럼 돈을 긍정적으로 볼 수 있다면 돈은 그 이상의 가치를 지니게 됨으로써, 우리의 삶 또한 그에 맞는 가치성을 지니게 될 것이다.

돈을 단지 돈으로 보지 마라. 돈은 우주의 흐름, 에너지 흐름의 가치성을 지닌 존재로 볼 때 그 이상의 가치를 지니게 된다.

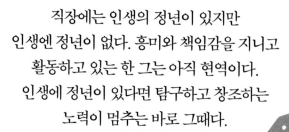

직장에는 인생의 정년이 있지만
인생엔 정년이 없다. 흥미와 책임감을 지니고
활동하고 있는 한 그는 아직 현역이다.
인생에 정년이 있다면 탐구하고 창조하는
노력이 멈추는 바로 그때다.

법정

• 진정으로 하고 싶은 일을 하라 •

인생에 정년은 없다

미국의 국민화가로 불리는 안나 메리 로버트슨 모제스 미국의 국민화가로 불리는 안나 메리 로버트슨 모제스Anna Mary Robertson Moses는 72세에 그림을 그리기 시작해 세상을 떠날 때까지 무려 1,600여 점의 작품을 남겼다. 이런 공을 인정받아 그랜마 모제스는 1941년 뉴욕 주 메달을 받았고, 1949년에는 트루먼 대통령으로부터 여성프레스클럽 상을 수상했다. 그리고 100세가 되던 해 뉴욕시에서는 그랜마 모제스를 기념하여 '모제스의 날'로 제정했다.

그랜마 모제스가 미국 국민들에게 칭송받는 것은 미술 정규교육을 받지 않은 그녀가 인생의 황혼기에 독학으로 그림공부를 시작해 그 누구보다도 열정적인 삶을 살았기 때문이다.

그랜마 모제스의 경우에서 보듯 나이는 숫자에 불과하다는 것을 알 수 있다. 또한 인생의 정년은 자신이 만드는 거라는 걸 알 수 있다. 그렇다. 인생엔 정년이 없다고 믿고 행하라.

100세 시대에 인생의 정년은 스스로 만드는 것이다. 창조적 정신과 노력이 멈추는 날까지는 언제나 현역으로 사는 당신이 돼라.

아름다운 인간관계

삶을 살면서 가장 뚜렷하게 경험하고 느끼게 되는 것은 '인간관계의 중요성'이다. 사람들의 성품은 다양한 얼굴만큼이나 다양하다. 모든 것을 아낌없이 주고 싶은 사람이 있는가 하면 주었던 것도 도로 빼앗고 싶게 만드는 사람이 있다. 또 자신이 한 말은 어떻게 해서라도 끝까지 책임을 다하는 사람이 있는가 하면 요리조리 핑계거리를 대며 책임을 회피하는 사람도 있다. 그리고 상대를 배려하고 관심을 가짐으로써 인간관계를 돈독히 하는 사람이 있는가 하면, 자기중심적이고 안하무인적인 말과 행동으로 인간관계를 파멸시키는 사람도 있다.

아름다운 인간관계를 갖기 바란다면 사람들이 가까이 다가올 수 있도록 노력해야 한다. 사람은 누구나 자신에게 잘하는 사람에게 깊은 관심을 보이기 때문이다.

또한 아름다운 인간관계는 자기 혼자만이 잘한다고 해서 되는 것은 아니다. 서로가 아름다운 관계를 이루기 위해 노력할 때만이 가능하다는 것을 잊지 말아야겠다.

아름다운 인간관계는 서로를 아끼고 존중할 때, 서로를 배려하고 양보할 때 이루어진다. 아름다운 인간관계의 주체는 사랑과 관심이다.

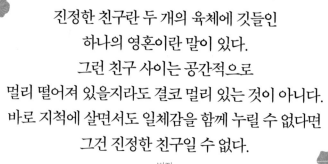

진정한 친구란 두 개의 육체에 깃들인
하나의 영혼이란 말이 있다.
그런 친구 사이는 공간적으로
멀리 떨어져 있을지라도 결코 멀리 있는 것이 아니다.
바로 지척에 살면서도 일체감을 함께 누릴 수 없다면
그건 진정한 친구일 수 없다.

법정

· 사람과 사람 사이 ·

진정한 친구

소울메이트soul mate라는 말이 있다. 이는 영혼이 통하는 '마음의 벗'이라는 뜻이다. 영혼이 통한다는 것은 둘의 마음이 하나인 것처럼 교감이 이루어지는 걸 말한다. 그래서 이런 친구는 어떤 상황에서도 서로 함께 의지하고 힘이 되어주기 위해 최선을 다한다.

이런 친구의 예로는 조선시대의 백사 이항복과 한음 이덕형, 이순신과 유성룡을 들 수 있다. 이항복과 이덕형은 이항복이 다섯 살이 더 많음에도 서로를 존중하고 신뢰하였으며 깊은 우정을 다졌다. 이순신과 유성룡 또한 마찬가지다. 유성룡은 이순신보다 나이가 많음에도 그를 벗의 예로 대하며 어려울 때 큰 힘이 되어 주었고, 이순신은 그런 유성룡의 기대를 저버리지 않음으로써 임진 왜란을 승리로 이끌었다.

익자삼우益者三友라는 말이 있다. 사귀어 자기에게 이로운 세 가지 부류의 친구로서 정직한 친구, 신의가 있는 친구, 지식이 있는 친구를 말한다. 자신이 누군가에게 익자삼우가 될 수 있고, 상대 또한 자신에게 익자삼우가 될 수 있다면 이런 친구야말로 진정한 친구가 아닐까 한다.

진정한 친구란 마음이 통하여 마치 서로를 하나인 것처럼 아끼고 위해주는 친구를 말한다.

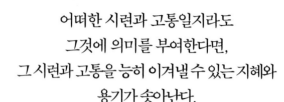

어떠한 시련과 고통일지라도
그것에 의미를 부여한다면,
그 시련과 고통을 능히 이겨낼 수 있는 지혜와
용기가 솟아난다.
그러나 그 시련과 고통 앞에 좌절하고 만다면
내일이 없다

법정

• 비닐봉지 속의 꽃 •

시련과 고통의 의미

아일랜드 극작가이며 비평가이자 수필가인 조지 버나드 쇼는 아일랜드 더블린의 프로테스탄트(개신교) 집안에서 태어났다. 아버지의 사업 실패로 초등학교만 나와 사환으로 일하며 음악과 그림을 배우고 소설을 썼다. 그는 청소년 시절 부동산 중개소에 근무하기도 하고, 에디슨 전화사에 잠시 근무하고는 직업을 가진 적이 없다. 1879년 소설《미성숙》을 쓴 후 4편의 소설을 더 썼지만 모두 출판사로부터 거절당했다. 하지만 그는 포기하지 않고 마르크스의 자본론에 감동 받아 많은 사상가들과 교류하고 신문, 잡지에 비평을 하며 많은 인기를 얻었다. 그리고《캔디다》,《인간과 초인》

외 많은 작품으로 세계적인 작가가 되었으며, 1925년 노벨문학상을 수상했다. 주요 작품으로 소설《카셀 바이런의 직업》, 희곡《운명의 사람》, 평론《예술의 정기》외 다수가 있다.

　시련과 고통은 누구에게든지 온다. 시련과 고통을 이겨내면 조지 버나드 쇼가 가난의 시련을 이겨내고 세계적인 작가가 된 것처럼 기쁨이 되어주지만, 진다면 고통의 늪이 된다는 것을 명심해야 할 것이다.

시련과 고통을 축복의 선물로 여기면 인생의 기쁨이 되지만, 저주라고 여기면 고통의 늪이 된다.

실패와 좌절

실패했다고 모든 것이 다 끝났다고 좌절한다면 실패는 고통이 될 뿐이다. 그러나 실패를 좀 더 분발하라는 인생의 명령이라고 생각하고 노력하면 달디단 기쁨의 열매가 된다. 실패는 인생의 과정 속에 한 부분일 뿐이다.

미국의 정치가이자 미국 역사상 최초로 4선 대통령인 프랭클린 D. 루스벨트Franklin Delano Roosevelt는 그 어떤 정치가보다도 실패를 많이 했다. 그는 39세 때 갑작스럽게 소아마비를 앓게 되면서 심한 좌절을 겪기도 했다.

그러나 그는 강철 같은 의지로 소아마비를 극복하며 대통령이 되었다. 루스벨트는 자신의 공약대로 '뉴딜New Deal 정책'을 펼쳐나

감으로써 미국을 최악의 경제공황으로부터 구해냈다.

그가 미국 국민들로부터 존경 받는 것은 그 어떤 상황에서도 자신의 책임을 다했을 뿐만 아니라, 국민들에게 희망과 용기를 준 삶을 지향했기 때문이다.

"생각해 보면 나의 인생은 일곱 번 넘어지고 여덟 번 일어났던 것이다."

이는 루스벨트가 한 말로 그는 실패에도 좌절하지 않고 최선을 다한 끝에 인생의 승리자가 되었던 것이다.

그렇다. 실패에 당당히 맞설 때 인생은 환하게 빛나는 법이다.

실패에 당당히 맞서는 당신이 돼라. 실패를 이기면 당신 또한 승리자가 될 것이다.

> 우리들의 삶에는 이렇듯
> 허상과 실상이 겹쳐 있다.
> 사물을 보되 어느 한쪽이나 부분만이 아니라
> 전체를 볼 수 있어야 한다.
>
> 법정
>
> · 섬진 윗마을의 매화 ·

전체를 보는 눈

"나무를 보고 숲을 보지 못한다."

이는 부분만 보고 전체는 보지 못하는 근시안적인 태도나 사고 방식을 비유적으로 일컫는 말이다. 이 말에서 알 수 있듯 전체를 보는 눈을 왜 길러야 하는지는 명약관화하다. 전체를 보지 못하면 사물에 있어서나 또한 사람들과의 관계에 있어서나 올바르게 판단할 수 없고, 그로 인해 부정적인 결과를 낳게 되기 때문이다.

전체를 보는 눈을 기르기 위해서는 어떻게 해야 할까. 첫째, 깊이 보고 넓게 생각하는 힘을 길러야 한다. 깊은 사유를 통한 통찰력은 깊이 보고 넓게 생각하는 힘을 기르게 함으로써 전체를 보는 시야가 넓어지게 되기 때문이다. 둘째, 사물을 볼 땐 자세히 관찰

하는 힘을 길러야 한다. 자세히 보면 안 보이던 것을 볼 수 있고, 그것을 통해 새로운 눈을 갖게 된다. 셋째, 다양한 독서를 통해 깊은 지식의 힘을 길러야 한다. 깊은 지식은 생각의 시야를 넓힘으로써 전체를 관조하는 눈을 기르는 데 큰 도움이 된다.

그렇다. 자신이 좀 더 새로운 시각을 갖기 위해서는 사물이든 사람 관계든 전체를 보는 눈을 길러야, 전체를 봄으로써 새로운 내가 될 수 있는 것이다.

사물을 보되 깊이 보라. 사람을 대하되 깊이 보고 넓게 생각하라.
깊이 보는 만큼 새롭게 보게 되고, 좋은 인간관계를 갖게 된다.

혁신의 힘

우리나라 남자 체조에 혜성처럼 등장한 양학선 선수. 그는 2010년 아시아 주니어 기계체조선수권대회 도마 금메달, 역시 같은 대회 링 부문에서 금메달을 땄다. 그리고 2010년 광저우 아시안게임에서 남자체조 단체전 동메달, 개인 도마에서 금메달을 땄다. 또 2011년 제43회 세계기계체조선수권대회 남자 도마에서 금메달을 땄으며, 2012년 제30회 런던 올림픽 남자체조 도마에서 금메달을 땄다. 우리나라가 올림픽 체조 부문에서 금메달을 딴 것은 양학선 선수가 처음이다.

양학선 선수가 런던 올림픽에서 금메달을 딸 수 있었던 것은 자신이 계발한 양1(뜀틀을 짚은 뒤 공중에서 세 바퀴를 비틀며 정면으로 착지하는 기술)과 스카라 트리플(뜀틀을 옆으로 돌면서 짚고 몸을 펴고 공중에서 세 바퀴를 비트는 기술) 등 남들이 흉내 낼 수 없는 자신만의 기술을 보여 주었기 때문이다.

그렇다. 양학선 선수가 우리나라 체조계의 역사를 새로 쓸 수 있었던 것처럼 자신이 지금과 다른 삶을 살고 싶다면 자신을 혁신시키는 일에 최선을 다해야 한다.

오늘과 다른 자신으로 살고 싶다면 새롭게 변화하기 위해 힘써야 한다.
새로운 나는 새로운 변화에서 오는 것이다.

{ 자신의 꽃을 피워라 }

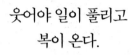

웃어야 일이 풀리고
복이 온다.
법정

· 화전민의 오두막에서 ·

웃음의 가치

웃음은 처음 본 사람의 마음도 열게 하는 소통의 꽃이다. 사람들
에게 경계심을 풀게 하고 친근감 있게 다가가게 하는 마력을 지녔
기 때문이다. 그래서 얼굴이 험상궂게 생긴 사람도 웃으면 전혀 다
른 얼굴이 된다.

그러나 아무리 예쁘고 잘생긴 사람도 웃지 않으면 가까이 하기
가 조심스럽다. 예쁘고 잘생긴 사람은 의외로 까칠한 모습을 보이
기 때문이다. 그런데 잘 웃으면 완전히 달라진다. 예쁘고 잘생긴데
다가 웃음이 함께하면 한층 더 예쁘게 보이고 잘생겨 보여 친근하
고 매력적으로 다가오는 까닭이다.

웃음은 인간관계를 돈독히 할 뿐만 아니라, 일을 하는 데 있어서

도 많은 도움을 준다. 직장생활을 잘하거나 장사를 잘하는 사람들의 공통점 중 하나는 잘 웃는다는 것이다. 이는 무엇을 의미하는가. 사람들에게 친근감을 느끼게 하여 믿고 신뢰하게 만든다는 뜻이다.

"잘 웃지 않는 사람은 장사를 하지 말아야 한다."

이는 중국 속담으로 웃음이 장사에 미치는 영향을 잘 보여준다. 그렇다. 장사는 사람들과의 관계가 원만해야 잘 된다.

소문만복래笑門萬福來라는 말이 있다. 웃으면 복이 온다는 말로 웃음이 그만큼 그 사람의 삶에 큰 영향을 줌을 말한다. 잘 웃는 당신이 돼라.

잘 웃는 사람은 보기가 좋다. 그래서 잘 웃는 사람은 누구에게나 친근감을 준다. 웃어라. 웃는 사람이 복이 있다.

> 무가치한 일에 시간과 정력을 낭비하는 것은
> 스스로 자신의 소중한 삶을
> 쓰레기더미에 내던져버리는 거나 다름이 없다.
>
> 법정
>
> • 개울가에서 •

무가치한 일

일에는 가치 있는 일이 있고, 무가치한 일이 있다. 가치 있는 일이란 자신은 물론 다른 사람에게 이익이 되고 보람된 일을 말한다. 또한 사회적으로 기여할 수 있다면 그보다 더 가치 있는 일은 없을 것이다.

왜 그럴까. 가치 있는 일은 창의적이고, 생산적이고, 긍정적인 에너지가 넘치는 일이기 때문이다. 가령, 봉사활동을 한다든지, 새롭고 발전 지향적인 일에 열정을 쏟는다든지 하는 것은 가치 있는 일이라고 할 수 있다.

그렇다면 무가치한 일이란 무엇일까. 그것은 자신에게도 마이너스가 되고, 다른 사람들에게도 마이너스가 되며, 사회적으로도 마이너스가 되는 일이다. 가령, 쓸데없는 일에 시간을 탕진한다든가, 사행성을 쫓아 카지노를 기웃거리고, 돈을 걸고 게임을 한다든가 하는 일은 자신에게는 물론 다른 사람들에게도 무가치한 일일 수밖에 없다.

같은 머리도 가치 있는 일에 머리를 쓸 수도 있고, 무가치한 일에도 머리를 쓸 수 있다. 분명한 것은 무가치한 일에 시간과 정력을 낭비하는 일은 자신을 퇴락시키는 일과도 같음을 잊지 말아야겠다.

가치 있는 일은 자신을 가치 있게 만들고, 무가치한 일은 자신을 무가치한 사람으로 만든다. 가치 있는 인생이 돼라.

어진 이를 가까이 하라.

법정

• 어진 이를 가까이 하라 •

어진 사람은 복이 있다

인자무적仁者無敵이라는 말이 있다. 어진 사람에게는 적이 없다는 말이다. 또한 덕불고 필유린德不孤 必有隣이란 말이 있는데, 이는 '덕이 있는 사람은 외롭지 않고 반드시 좋은 이웃이 있다'는 뜻이다.

이는 무엇을 말하는가. 어짐과 덕은 사람이 반드시 갖춰야 할 덕성이라는 것이다. 그래서 인덕을 갖춘 사람은 온화하고 겸손하여 사람을 대하는 데 무리가 없으며, 어디를 가든지 말과 행동에 진중하다. 이에 대해 도가의 창시자이자 학자이며《도덕경》으로 유명한 노자는 다음과 같이 말했다.

"덕망이 있는 자가 사람을 대할 줄 안다. 높게 처하려면 말에 있어서 사람들에게 겸손해야 한다. 사람들을 인도하려면 사람들의 앞에서가 아니라 뒤에서 해야 한다. 그러므로 덕망이 있는 자가 사람을 대할 줄 안다. 훨씬 앞에 있어도 그 사람들은 거북하게 생각하지 않는다. 따라서 덕망이 있는 자는 누구와도 다투지 아니함으로 이 세상의 아무도 그와 다투지 않는다."

노자의 말에서 보듯 덕 있는 사람이 어진 것은 바로 덕은 어짐을 의미하고, 어짐은 덕을 의미하기 때문이라는 것을 잘 알게 한다.

어진 마음과 덕을 기르는 데 힘써야 한다. 그것은 자신의 인생을 행복하게 하고 품격을 높이는 일이기 때문이다.

어짐은 곧 덕이요, 덕은 곧 어짐이라.
이는 반드시 갖춰야 할 인간의 본성임을 잊지 마라.

혼자만의 시간 갖기

복잡한 사회에서 복잡하게 얽혀 살다보면 몸과 마음은 찌들대로 찌들 때가 있다. 이럴 때 몸과 마음의 묵은 때를 말끔히 벗겨내지 않으면 안 된다. 찌든 때로 인해 몸과 마음이 피폐해지기 때문이다.

몸과 마음의 때를 말끔히 씻어내기 위해서는 혼자만의 시간을 갖는 것이 좋다. 아무도 없는 혼자만의 시간은 자신을 가장 잘 들여다볼 수 있는 시간이다. 단 분명히 할 것은 혼자 있는 시간에는 다른 생각은 금하고, 자기만 생각해야 한다. 자신을 힘들게 한 일이 무엇인지, 자신의 문제가 무엇인지를 곰곰이 생각함으로써 반성할 것은 반성하고, 되새길 것은 되새김으로써 자기 몸과 마음에 쌓인 삶의 피로를 풀어내야 한다. 그렇게 하다보면 새로운 에너지가 축적되고, 새롭고 신선한 생각으로 가득 차오르게 된다. 이런 자기 성찰은 자신을 지혜롭게 하고 깊고 넓게 사물을 보는 눈을 갖게 한다.

"사색은 지혜를 낳는다."

이는 관자가 한 말로 사색의 중요성을 잘 알게 한다. 홀로 있는 시간은 곧 자기 성찰을 위한 생산적이고 창의적인 시간이다. 그러므로 혼자만의 시간을 자주 갖는 당신이 돼라.

혼자만의 시간은 자신을 가장 잘 들여다보는 시간이다.
혼자만의 시간을 통해 자신을 성찰하라.

> 그 일이 그 사람을 만든다.
>
> 법정
>
> • 그 일이 그 사람을 만든다 •

그 일이 그 사람을 만든다

캐나다 출생 컨설턴트, 자기계발 동기부여가이자 강연가이며 저술가인 브라이언 트레이시Brian Tracy는 집이 가난하여 고등학교도 마치지 못했다. 그는 먹고살기 위해 어린 나이에 조그만 호텔에서 접시 닦는 일을 했다. 그 후 몇 년 동안 여기저기를 떠돌며 노숙을 하거나 온갖 막노동을 하며 겨우 생계를 유지했다. 그러다 아프리카 여행을 다녀온 후 그는 배워야 한다는 일념으로 심리학, 철학, 경제학, 경영학 등 자신의 꿈을 이루는 데 도움이 되는 책들을 닥치는 대로 읽으며 공부했다. 그리고 그는 대학에서 하는 프로그램에 참여하여 열심히 강의를 들었다. 배움만이 자신의 꿈을 더욱 구체화시킬 수 있고, 힘이 되어 준다는 사실을 깨달았기 때문이다.

그는 각고의 노력으로 자신만이 터득하고 확립한 지식을 바탕으로 하여 성공할 수 있었다.

노숙을 하고 막노동을 하던 브라이언 트레이시가 새로운 인생으로 탈바꿈하며 그의 인생의 가치는 어느 누구도 범접할 수 없을만큼 달라졌다.

'그 일이 그 사람을 만든다'는 말이 있듯 사람의 가치는 어떤 일을 하느냐에 따라 지대한 영향을 받는다. 왜냐하면 각고의 노력을 들인 일은 그 사람을 완전히 다른 사람으로 변화시키는 마법을 부리기 때문이다.

자신의 인생을 새롭게 변화시키고 싶다면 그럴 수 있는 일에 각고의 노력을 다하라. 그 일이 그 사람을 만드는 법이다.

자신의 빛깔을 지니고 진정으로 자기 자신답게
살아가려는 사람들은, 무엇보다도
먼저 자신의 삶을 남과 비교하지 말아야 한다.
현재의 자기 처지와 이웃의 처지를
견주는 것은 무의미한 짓이다.

법정

· 남의 삶과 비교하지 마라 ·

자신을 남과 비교하지 않기

어떤 여자가 있었다. 그녀는 누가 봐도 귀엽고 예쁜 얼굴이었다.
그런데도 자신을 남과 비교함으로써 스스로를 고통으로 몰아갔다.
수십 번의 성형수술로 그녀의 얼굴은 몰라보게 달라졌고, 나중에
는 두문불출하며 자신을 학대하는 등 불행의 늪에 빠지고 말았다.

또한 자신의 능력을 남과 비교함으로써 불행에 빠진 남자가 있
었다. 그의 꿈은 컸으나 가난한 집안 사정으로 그의 꿈을 뒷받침할
수 없었기 때문이다. 좌절하여 절망에 빠진 그는 교도소를 들락날
락하며 살다 급기야는 스스로 목숨을 끊고 말았다.

이처럼 자신의 삶을 남과 비교함으로써 자신이 가진 잠재된 능
력을 소멸시키고, 불행하게 살아가는 이들이 있다. 이는 어리석은

일일 뿐 자신의 인생에 도움이 되지 않기에, 남과 비교하지 말고 자신만의 삶을 살아야 한다.

그렇다. 자신의 인생은 그 누구도 대신 살아주지 않는다. 자신만이 자신의 인생을 살 수 있는 것이다.

자신의 인생은 자신의 것이다. 남의 삶과 비교하는 것은 자칫 불행을 낳을 수 있음을 명심하라.

> 제정신을 지니고 살려는 사람들은
> 냉정하게 가릴 줄 알아야 한다.
>
> 법정
>
> · 화전민 오두막에서 ·

냉정한 판단력 기르기

부화뇌동附和雷同이란 말이 있다. 우레 소리에 맞춰 함께한다는 뜻으로 자신의 뚜렷한 소신 없이 남이 하는 대로 따라가는 것을 말한다. 이런 부류의 사람은 어떤 일에도 주체가 되지 못하고 항상 남의 뒤에서 눈치나 보게 된다.

그러면 주체적인 삶을 살기 위해서는 어떻게 해야 할까. 첫째, 사물이나 어떤 상황에 대해 옳고 그름을 살필 줄 아는 눈을 길러야 한다. 옳은 일은 옳다, 그른 일은 그르다 하고 스스로 밝힐 수 있어야 한다. 둘째, 냉정한 판단력을 길러야 한다. 남이 내리는 결정에 따르지 말고 자신이 판단하고 자신이 결정할 수 있도록 해야 한다. 셋째, 논리력을 길러야 한다. 논리적이지 못하면 판단력을 기르는 데 문제가 있다. 정확한 논리는 판단력을 기르는 데 큰 도움이 된다.

자신의 삶을 자기 주체적으로 살아갈 때 만족하게 되고, 그만큼 행복도도 커지게 된다. 그러나 남의 눈치나 보고, 비주체적으로 살아간다면 만족도 떨어지고 행복도 또한 떨어지게 된다. 여기에 사회의 한 구성원으로서 자기 주체적인 삶을 살아야 하는 이유가 있는 것이다.

옳은 일은 옳다, 그른 일은 그르다 하고 냉정하게 판단해야 한다.
그렇게 될 때 삶을 주체적으로 행복하게 살아가게 된다.

낡은 것을 버려야 새것을 얻는다

낡은 것을 꼭 움켜쥐고 새것을 취하려고 한다면 이는 바람직한 자세가 아니다. 낡은 것을 버려야 새로운 것이 들어오게 된다. 고여 있는 물을 보라. 고여 있는 물을 빼주어야 맑고 신선한 물이 들어오질 않는가.

그렇다. 생각이든, 물이든, 그 무엇이라 할지라도 새로운 것을 받아들이려면 낡은 생각, 고여 있는 물, 그 무엇이더라도 반드시 버려야 한다. 새것을 받아들이기 위해서는 첫째, 새로운 것에 대한 두려움을 버려야 한다. 도전정신이 없으면 새로운 것을 제대로 받아들일 수 없다. 둘째, 묵은 생각, 묵은 마음으로는 새로운 것을 받아들이는 데 한계가 있다. 새로운 생각, 새로운 마음으로 철저하게 무장해야 한다. 셋째, 새로운 지식, 새로운 정보를 위해 공부하라. 낡은 지식, 낡은 정보로는 새로운 것을 받아들일 수 없다.

"마음의 창을 항상 열어두라. 새로운 아이디어가 들어올 수 있도록."

자기계발 권위자인 마크 빅터 한센Mark Victor Hansen이 한 말로 '마음의 창'은 새로운 것을 받아들이는 적극적인 자세를 말한다. 새로운 것을 얻기 위해서는 낡은 것을 버려라. 그리고 적극적으로 새것을 받아들여야 한다.

새것을 받아들이기 위해서는 반드시 낡은 것을 버려야 한다.
그렇지 않으면 새것이 들어올 수 없기 때문이다.

> 모든 길과 소통을 가지려면
> 그 어떤 길에도 매여 있지 말아야 한다.
> 중요한 것은 안락한 삶이 아니라 충만한 삶이다.
>
> 법정
>
> • 생각을 씨앗으로 묻으라 •

매이지 말고 열어두기

자신의 삶을 잘 사는 사람들의 특징 중 하나는 소통을 잘한다는 것이다. 그들은 누구와도 친밀감 있게 먼저 다가간다. 이처럼 거리낌 없는 소통은 자신이 살아가는 데 있어 큰 도움이 된다. 우리의 삶이 잘되고 잘되지 않는 것엔 그 중심에 사람이 있기 때문이다.

이는 무엇을 의미하는가. 모든 문제의 원인도 해결책도 사람에게 달려 있다는 말이다. 그러니까 어떤 문제를 발생시키는 주체도 사람이고, 그 문제를 해결하는 주체도 사람이라는 말이다. 특히 어떤 문제에 봉착해 고민하고 있을 때 고민을 해결해주는 사람이 있다면 그것은 축복과도 같은 일이다. 이런 좋은 사람을 곁에 두기 위해서는 매이지 말고 자신이 먼저 마음을 열고 다가가야 한다.

이와 마찬가지로 우리가 선택해야 할 삶은 안락한 삶보다는 충만한 삶이 되어야 한다. 안락한 삶은 편하고 좋은 것 같지만 자신을 매여 놓는 것과 같다. 그러나 충만한 삶은 언제나 자신을 충만하게 한다. 삶을 충만하고 행복하게 살기를 바란다면 매이지 말고 늘 충만함을 쫓아 열어두어라.

매인다는 것은 단절을 의미한다. 단절된 삶에는 충만함이 없다.
충만한 삶을 살기를 바란다면 그 어디에도 매이지 말고 열어두어라.

맑고 환한 영성에 귀 기울이기

영성靈性이란 '신령스러운 품성이나 성질'을 말하는 것으로 고귀한 품성을 의미한다. 이 영성은 누구나 지니고 있다. 그런데 어떤 사람은 자신을 고귀하게 여겨 품격 있게 살아가는데, 또 다른 어떤 사람은 자신을 소홀히 여기며 성의 없게 살아간다.

맑은 품성으로 자신을 존중하고 사랑하는 사람은 옳고 바른 일이 아니면 행하지 않는다. 그것은 자신을 욕되게 하는 일이며, 스스로를 추락시키는 일이기 때문이다. 그래서 잘못된 일에는 눈길조차 주지 않는다.

그러나 자신을 함부로 여기고 허투루 여기는 사람은 옳고 바른 길에서 벗어나 해서는 안 될 일이나 무의미한 일에 빠져 지낸다.

134

그것은 자신에 대한 배신 행위와 같다.

소중한 인생을 헛되이 하지 않기 위해서는 맑고 환한 영성에 귀 기울여야 한다. 그래서 매사를 옳고 바르게 행하고, 자신을 맑고 영화롭게 하는 일에 최선을 다해야 한다. 그것은 곧 자신에 대한 도리이며 예의이기 때문이다.

자신을 품격 있는 인생이 되게 하기 위해서는 영성을 맑게 하고, 바르고 옳은 일에 최선을 다해야 한다.

우리는 누구나 안정되고 편안한 삶을 바란다.
그러나 그 안정과 편안함이란 무엇인가.
그것은 타성의 늪이요, 함정일 수 있다.
그 안정과 편안함의 늪에 갇히게 되면
창공으로 드높이 날아올라야 할
날개가 접혀지고 만다.

법정

• 생각을 씨앗으로 물으라 •

안정과 편안함의 늪

안정된 삶, 편안한 생활은 누구나 바라는 일이다. 그래서 안정되고 편안한 삶을 위해 노력하고, 심지어 해서는 안 될 일까지도 서슴없이 해댄다. 그런데 막상 안정되고 편안한 삶을 살게 되면 안일함과 타성에 젖어 자신을 그릇되게 하는 일들이 종종 벌어지곤 한다. 안정되고 편안한 삶은 두 얼굴을 한 사람과 같기 때문이다.

안정되고 편안한 삶을 살되 경계해야 할 것은 첫째, 안일함에 빠지는 것을 조심해야 한다. 그것은 나태함이며 게으름의 근원이기 때문이다. 둘째, 타성에 젖는 것을 조심해야 한다. 타성에 젖다 보면 그릇되고 고착화된 습관으로 인해 자신의 발전을 저해하기 때문이다. 셋째, 우쭐함에 빠지는 것을 조심해야 한다. 안정되고 편안함으로 인해 자칫 교만해질 수 있기 때문이다.

  그렇다. 안정과 편안함의 늪에 빠지지 않기 위해서는 늘 자신을 돌아보고, 잘못된 것은 바로잡아 더 이상 잘못됨이 없어야 한다.

사람은 누구나 안정과 편안함 삶을 바란다. 그러나 거기에는 자신을 허망하게 하는 늪이 도사리고 있음을 경계해야 한다.

> 나에게는 좋은 책을 읽는 시간이
> 휴식시간이다.
>
> 법정
>
> • 나의 휴식시간 •

휴식시간 사용법

휴식시간은 지친 몸과 마음의 피로를 말끔히 씻어내는 일이자 재충전의 시간이기도 하다. 그래서일까, 사람에 따라 휴식을 즐기는 방법은 매우 다양하다. 여행을 하는 사람, 독서를 하는 사람, 자신이 좋아하는 것을 하는 사람, 먹고 싶은 것 먹고 잠자고 싶을 때 자는 사람 등 각기 다 다르다.

이처럼 휴식시간 사용법이 다 다른 것은 그 사람의 삶의 가치관과 성격에 기인한다. 그러다 보니 어떤 사람은 황금 같은 휴식 시간을 보내는가 하면, 어떤 사람은 무의미하게 보내곤 한다.

법정스님은 휴식시간에 좋아하는 책을 읽으면서 보낸다고 말한다. 이에 대해 책을 읽으며 휴식시간을 보낸다는 건 골치 아픈 일

아닌가 하고 말하는 사람도 있을 것이다. 이는 휴식을 단지 먹고 마시고 놀면서 쉬는 것쯤으로 알기에 하는 말이다.

진정한 휴식의 의미란 '자신이 좋아하는 것'으로 몸과 마음의 피로를 풀고 새로운 에너지를 축적하는 것이다. 그러므로 책을 읽든, 좋아하는 일을 하든 자신을 생산적이게 하는 것이라면 그 어떤 것도 무방하다 하겠다. 다만 경계해야 할 것은 도리어 자신의 몸과 마음을 피로하게 하는 일이다. 그것처럼 어리석고 무의미한 휴식은 없기 때문이다. 똑똑하게 휴식하라.

유대인들은 휴식시간을 생산적으로 이용하기로 유명하다.
그들에게 휴식시간은 황금과 같다.

삶은 순간순간이다

삶의 소멸, 즉 '죽음'을 두려워하지 않는 사람은 없다. 다만 정도의 차이가 있을 뿐이다. 그러면 왜 인간은 삶의 소멸을 두려워하는 것일까. 그것은 갖고 있던 소중한 것을 잃는다고 생각하기 때문이다. 소중한 것을 잃어버린 경험이 있는 사람은 안다. 소중한 것을 잃는다는 것이 얼마나 자신을 허망하게 하고 슬프게 하는지를.

그렇다. 이는 인간이기에 보일 수 있는 일이다.

법정스님은 순간순간을 살아야 한다고 말한다. 순간순간 자신을 기쁘게 하고 행복하게 할 수 있다면 그것처럼 아름답고 축복된 삶은 없을 것이다. 왜 그럴까. 순간순간을 기쁘고 즐겁게 살기 위해서는 그렇게 할 수 있도록 노력을 기울여야 하기 때문이다. 노력으로 인해 순간순간마다 기쁘고 행복한데 어떻게 소멸을 두려워할 수 있을까. 마지막 순간까지 순간순간을 살다보면 세상과의 이별도 행복하게 맞게 될 것이기 때문이다.

그렇다. 순간순간 지금을 기쁘고 행복하게 사는 당신이 돼라.

삶을 소유하지 말고 순간순간을 살아라. 그것이 참 기쁨이며 참 행복이다.

우리들이 어두운 생각에 갇혀서 살면
우리들의 삶이 어두워진다.
나쁜 음식, 나쁜 약, 나쁜 공기, 나쁜 소리,
나쁜 생활습관은 나쁜 피를 만든다.
나쁜 피는 또한 나쁜 세포와
나쁜 몸과 나쁜 생각과 나쁜 행동을 낳게 마련이다.
어떤 현상이든지 우리가 불러들이기 때문에 찾아온다.

법정

· 살아있는 것은 다 한목숨이다 ·

나쁜 생각 버리기

"생각하는 대로 살지 않으면 사는 대로 생각하게 된다."

이는 프랑스 시인이자 비평가인 폴 발레리Paul Valery가 한 말로 어떻게 생각하느냐가 그 사람의 인생에 미치는 영향의 중요성을 잘 알게 한다.

이는 무엇을 말하는가. 자신이 어떻게 되고 싶다고 생각하고 그렇게 실천하면 되고 싶은 대로 되고, 그런 생각 없이 살면 사는 대로 생각하며 산다는 것을 의미한다.

이를 좀 더 부연해서 말하면 좋은 생각만 하고 밝은 생각만 하면 삶 또한 만족하게 되고, 즐겁고 행복하게 살아가게 된다. 하지만 나쁜 생각을 하고 어두운 생각만 하면 삶 또한 불만족하게 되고, 어둡고 칙칙하게 살아가게 된다. 이렇듯 우리의 삶은 어떤 생각을 하느냐에 따라 그렇게 된다. 그렇다면 문제는 간단하다. 나쁜 생각은 버리고, 자신이 살고 싶은 대로 생각하라.

그 사람의 생각은 곧 그 사람이다. 어떻게 생각하느냐에 따라 그렇게 살게 된다. 그러므로 살고 싶은 대로 생각하라.

{

살아 있는 모든 것은 다 한목숨이라는
우주 생명의 원리를 믿고 의지하라.
남을 해치는 일이 곧 자신을 파멸로 이끈다는
사실을 알고, 어떤 유혹에서도 넘어짐이 없이
사람의 자리를 지키라.

법정

• 살아있는 것은 다 한목숨이다 •

}

사람의 자리를 지키며 살자

사람의 자리를 지키며 산다는 것은 생명을 주신 창조주에 대한 의무이자 도리이다. 그렇기 때문에 우리는 저마다 사람답게 살아야 한다. 그러지 못한다면 그것은 사람의 의무를 저버리는 일이자, 스스로에 대한 배신 행위이다.

그렇다. 사람의 자리는 그냥 되는 것이 아니다. 사람의 모습을 했다고 해서 사람인 것은 아니라는 것이다. 사람답게 살아야 주어지는 자리가 사람의 자리다. 그런데 생명의 존엄성을 잃고 자신의 딸을 살해하고, 부모 형제를 멸시하고, 사람의 목숨을 담보로 돈을 뜯어내고, 국민을 대표해서 국회로 보냈더니 하라는 일은 제대로 안 하고 금품을 수수하고 딴짓거리를 하다 철장신세를 지고, 자신의 차를 운전하는 운전기사에게 입에 담지 못할 욕설을 퍼부으며 인격을 모독하고, 돈 좀 있다고 해서 어느 곳에서나 갑질을 일삼는다. 이렇듯, 사람답게 살지 못하면 그가 누구든 개만도 못한 사람일 뿐이다.

　우리는 사람의 자리를 지키며 사람답게 살아야 한다. 그것이 사람으로 태어난 우리들의 의무인 것이다.

개만도 못한 사람이란 말이 있듯, 사람답지 못하면 그것은 진짜 스스로 개가 되는 것이다. 사람답게 사는 우리가 되어야 한다.

> 이해와 사랑은 내 입장에서가 아니라
> 맞은편의 입장에서 바라보고
> 헤아리고 받아들임이다.
>
> 법정
>
> • 무엇이 전쟁을 일으키는가 •

상대의 입장에서 생각하기

역지사지易地思之라는 말이 있다. 상대방의 입장에서 생각한다는 뜻이다. 인간관계에 있어 상대의 입장에서 생각하고 말하고 행동한다면 그 관계는 물 흐르듯 이어져 아름답게 꽃피우게 된다.

그러나 자신의 입장에서만 말하고 행동한다면, 팽팽한 대립으로 인해 관계는 단절되고 만다. 단절된 상태에서는 더 이상의 관계는 기대할 수 없다. 인간관계를 잘 하기 위해서는 첫째, 상대를 자신과 동등한 입장에서 생각하라. 이런 마음을 갖게 되면 자신을 생각하듯 상대의 입장에서 생각하게 됨으로써 좋은 인간관계를 갖게 된다. 둘째, 상대를 배려하는 마음을 길러라. 상대는 자신을 배려하는 사람에게 고마움을 갖게 되고 마음을 열고 다가온다. 셋째,

상대가 거부감을 갖지 않도록 예의를 갖고 말하라. 상대는 자신이 대접받는다는 생각에 자신 또한 예의를 갖추고 대한다.

그렇다. 상대와 좋은 관계를 갖고 싶다면 상대의 입장에서 생각하고 자신이 먼저 다가가라.

상대와의 좋은 관계는 상대에 대한 배려와 이해에서 비롯된다.
상대의 입장에서 생각하고 행동하라.

어리석음은 곧 어둔 마음이다.
그 어둔 마음에서 온갖 비리와 악덕이 싹튼다.
마음의 바탕은 빛이요, 밝음이요, 평온이며 안락이다.
그러므로 이 마음을 샅샅이 살피는
일을 통해서 빛과 밝음이 되살아난다.

법정

• 무엇이 전쟁을 일으키는가 •

어리석음을 벗어나는 법

살아가면서 일어나는 모든 분쟁이나 불미스러운 일은 '우매함' 즉 어리석음에서 비롯된다. 우매한 자의 말은 어리석음으로 인해 사람들을 불편하게 하고, 짜증나게 함으로써 분노하게 만든다. 우매한 자의 입술은 분쟁의 근원이며 모든 화의 출발점이다.

"지혜자의 입의 말들은 은혜로우나 우매자의 입술들은 자기를 삼키나니 그의 입의 말들의 시작은 우매요, 그의 입의 결말들은 심히 미친 것이니라."

이는 구약성경(전도서 10장 12~13절)에 나오는 말로 지혜로운 자와 우매한 자의 극명한 차이를 잘 알게 한다.

지혜로운 자의 입술은 향기를 품고 있어 듣는 자들의 귀를 즐겁

게 하지만, 우매한 자의 입은 악취를 품고 있어 듣는 자들의 귀를
소란하게 하며 짜증나게 만든다. 우매함의 함정에 갇히지 않기 위
해서는 마음을 살핌으로써 어두운 마음을 밝고 빛나게 해야 한다.
빛의 마음은 지혜이며, 지혜는 삶을 아름답게 가꿈으로써 모두를
행복하게 하기 때문이다.

지혜는 밝음의 빛이며 어리석음은 어둠의 그늘이다.
지혜는 행복을 부르지만, 어리석음은 불행을 부른다.

자신의 꽃을 피워라

주관이 있는 사람과 없는 사람의 차이는 자기만의 철학을 갖고
있느냐 없느냐에 달려있다. 주관이 분명한 사람은 자기 철학이 뚜
렷해 자기의 빛깔과 소리를 갖고 있다. 그래서 주체의식이 강하고
자신이 하고자 하는 것에 대해 애착심이 크다. 그러다 보니 누구의
눈치도 보지 않고 소신껏 자신의 길을 간다. 그런 까닭에 주관이
분명한 사람은 자신의 꽃을 활짝 피운다.

그러나 주관이 없는 사람은 갈대와 같아 이리 쏠리고 저리 쏠리
는 등 자기만의 철학이 없다 보니 자기의 빛깔도 없고, 소리도 없
다. 주체의식도 약하고 자신이 하는 일에 대한 확신도 없다. 한마
디로 술에 물 탄 듯 물에 술 탄 듯 자기중심이 없다. 그래서 소신껏

자신의 길을 가지 못한 채 남의 눈치만 보다 자신의 꽃을 피우지 못한다.

자신의 인생을 가치 있게 살고 싶다면 주관이 뚜렷해야 한다. 그래야 소신껏 자신의 길을 가게 됨으로써 자신의 꽃을 피우게 된다. 저절로 피는 인생의 꽃은 없는 법임을 명심하라.

자신의 꽃을 피우고 싶다면 주관을 갖고 자신의 길을 가라.
가되 당당하게 가라. 그러면 끝내는 자신의 꽃을 피우게 된다.

나쁜 벗은 자신만이 아니라
남의 영역에 폐를 끼치는 사람이다.
자기 것은 금쪽처럼 인색하도록 아끼면서
남의 것에 눈독을 들이고, 손해를 끼치고도
아무렇지도 않게 생각하는 뻔뻔스런 사람이다.

법정

• 어진 이를 가까이 하라 •

나쁜 벗을 멀리 하라

손자삼우損者三友라는 말이 있다. 이는 사귀면 해를 끼치는 세 가지 유형의 나쁜 벗을 뜻하는 말로 허세를 부리는 친구, 아첨을 잘 하는 친구, 교활한 친구를 말한다.

가진 것도 없이 큰소리만 펑펑 쳐대는 허세를 부리는 친구는 믿음이 안 가고, 남에게 찰싹 달라붙어 세 치 혀로 있는 말 없는 말로 환심을 사는 친구는 진정성이 없어 속을 알 수가 없고, 여기저기 말을 옮기고 이간질을 시키는 친구는 교활하고 간악하니 이 세 가지 유형의 친구는 절대 가까이 해서는 안 된다. 왜 그럴까. 동서고금을 막론하고 이 세 가지 유형의 친구로 인해 이름을 더럽히고, 명예가 실추되고, 급기야는 목숨까지 잃은 경우가 많음을 볼 수 있

152

fn

기 때문이다.

좋은 친구는 자신에게 있어 빛과 같지만, 나쁜 친구는 자신에게 있어 캄캄한 어둠과 같다. 좋은 친구는 가까이 하되, 나쁜 친구는 멀리 해야 해가 없는 법이다.

좋은 친구는 빛과 같아 나를 기쁘게 하지만, 나쁜 친구는 어둠과 같아 나를 근심에 쌓이게 한다. 나쁜 친구를 멀리 하라.

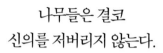

나무들은 결코
신의를 저버리지 않는다.

법정

· 소유의 굴레 ·

나무에게 배워라

프로방스 지방 알프스산악지대에 어떤 노인이 살고 있었다. 노인은 양치기였다. 그가 사는 집엔 그 외엔 아무도 없었다. 개와 양들이 전부였다. 노인의 이름은 엘제아르 부피에였다. 노인은 원래 평야지대에서 큰 농장을 했지만 아내가 죽고, 하나뿐인 아들이 죽자 산속으로 들어와서는 나무를 심기 시작했다. 노인은 흠 없는 도토리를 골라 쇠막대기로 땅을 파고는 도토리를 넣고 흙으로 파묻었다. 참나무를 심었던 것이다. 심은 지 10년이 된 참나무는 노인보다도 훨씬 크게 자라 숲을 이뤘다. 참나무 숲은 세 구역으로 되어 있는데 그중 가장 넓은 곳은 11킬로미터나 뻗어 있었다. 뿐만아니라 산에는 자작나무숲과 너도밤나무숲 등 온갖 나무숲으로 가득했다.

　세월이 흘러 노인이 혼자 살던 그곳은 일만 명이나 사는 큰 마을로 변했다. 노인이 처음 그곳에 나무를 심을 때 황무지였던 곳이 아름다운 숲의 마을이 되었던 것이다. 이 모두는 노인 혼자서 해낸 일이었다.

　이는 프랑스 소설가인 장 지오노Jean Giono가 쓴《나무를 심은 사람》이야기로 실화를 바탕으로 한 것이다. 노인이 심은 나무는 노인의 정성을 잊지 않고 푸른 숲이 되었던 것이다. 나무가 노인을 저버리지 않은 것처럼 우리 또한 신의를 저버려서는 안 된다. 이것이 우리가 나무에게 배워야 할 이유인 것이다.

나무는 심는 대로 자라나 푸른 숲을 가꾸고 열매를 내어준다.
나무는 인간에 대한 믿음을 사랑으로 갚는다.

<blockquote>
적게 가질수록 더욱 사랑할 수 있다.

법정

• 소유의 굴레 •
</blockquote>

소유는 굴레다

많은 것을 소유한다는 것은 신나는 일이고, 누구에게나 부러움을 사는 일이며, 행복한 일일 수도 있다. 사람은 정도의 차이가 있을 뿐 자신이 남보다 더 많은 것을 소유하기를 바란다. 그러다 보니 많은 것을 갖기 위해 자기 나름대로 계획을 세우고 시도해 옮긴다. 소유욕이 지나쳐 가끔 해서는 안 될 일을 벌임으로써 인생의 나락으로 떨어지는 경우도 있지만, 많은 것을 소유하고 싶은 건 인간의 보편적 욕망인 것만큼은 분명하다.

그런데 문제는 막상 많은 것을 소유하다 보면 스스로 삶의 부자연스러움을 느끼게 되는데, 혹시 어느 날 자신이 많은 것을 잃지나 않을까 하는 불안감에 젖는다. 또한 사람들로부터 부러움을 받는 것만큼 시기와 질투로 인해 정신적인 스트레스에 시달리기도 한다.

적게 가지면 풍요롭지 못해서 오는 아쉬움은 있지만, 그로 인해 남에게 시기와 질투를 받을 이유도 없고, 스스로 불안해하며 불행에 빠지는 일도 없다. 적은 것에도 감사하고, 작은 것에도 무한한 행복을 느끼게 되면 삶을 더욱 사랑할 수 있다. 소유의 굴레로부터 자유롭기 때문이다.

적게 가질수록 스스로의 삶에 부자연스러움을 느끼지 않는다.
주변의 시선으로부터 자유로울 수 있기 때문이다.

> 피어 있는 것만이 꽃이 아니라 지는 것 또한 꽃이다.
> 그렇기 때문에 꽃은 필 때도 아름다워야 하지만
> 질 때도 고와야 한다. 지는 꽃도 꽃이기 때문이다.
>
> 법정
>
> ・ 크게 버려야 크게 얻는다 ・

질 때도 아름답게 지는 꽃처럼

꽃이 아름다운 것은 저마다 자기만이 빛깔을 갖고 향기를 품고 있기 때문이다. 백합을 보면 그 청순함의 아름다움에 첫사랑을 떠올리게 되고, 검붉은 장미를 보면 사랑의 열정을 느끼고, 해바라기를 보면 뜨거운 정열을 느끼게 된다. 게다가 저마다의 향기를 품고 있어 눈을 감고 있어도 무슨 꽃인지 알 수 있다. 향기가 사람들을 기분 좋게 하는 것은 향기는 꽃의 언어이자, 숨결이기 때문이다. 그래서 향기는 자신의 향기로 말을 걸고, 자기만의 개성으로 사람들의 눈길을 사로잡는다.

꽃이 있는 곳은 그곳이 어디든 분위기가 상큼하고, 부드럽고 따스함을 느끼게 된다. 꽃이 사람들의 마음을 온화하게 하여 편안함을 갖게 하기 때문이다. 그래서 어느 꽃이든 안 예쁜 꽃은 없다.

법정스님은 꽃은 질 때도 아름다워야 한다고 말한다. 이유는 지는 꽃도 꽃이기 때문이란다. 그렇다. 지는 꽃도 꽃이므로 아름다워야 하듯, 사람 또한 사람다운 향기를 내야 하고, 자리에서 물러날 때도 자신만의 향기를 남기며 떠나야 한다. 사람은 언제나 자신의 이름을 남기는 존재인 까닭이다.

꽃이 필 때도 질 때도 아름다워야 하듯 사람 또한 마찬가지이다.
사람은 저마다 자신의 이름을 남기는 까닭이다.

반드시 있어야 할 존재가 된다는 것은

　사람은 크게 세 가지 유형으로 나눌 수 있다. 반드시 있어야 할 사람, 있어도 그만 없어도 그만인 사람, 없으면 좋을 사람이 그것이다.

　반드시 있어야 할 사람은 사람들에게 꼭 필요한 사람으로 도움을 준다거나, 남을 배려하거나, 누군가에게 빛과 소금과 같은 사람이다. 있어도 그만 없어도 그만인 사람은 다른 사람을 위해서는 하는 것 없이 오직 자신만을 위해 사는 사람이다. 없으면 좋을 사람은 남에게 해악을 끼치고, 자신에게도 해악을 끼침으로써 누구에게나 원망의 대상이 되는 사람을 말한다.

　누군가에게 전혀 도움이 되지 않는 자기만 아는 사람을 가까이

160

하려는 사람은 어디에도 없다. 그런 사람을 알고 있어 봤자 전혀 도움이 안 되고, 같은 부류의 사람으로 인식되기 때문이다.

인생은 단 한 번이다. 반드시 있어야 할 사람으로 산다는 것은 자신을 스스로 축복하는 일이다. 하지만 있어도 그만 없어도 그만 인 사람, 없으면 좋을 사람으로 산다는 것은 스스로를 깎아내리고 불행하게 하는 사람이다.

누군가에 반드시 필요한 사람, 반드시 있어야 할 사람이 되어야 한다.
그것은 스스로를 축복하는 일이다.

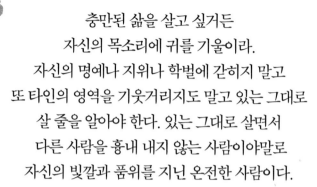

충만된 삶을 살고 싶거든
자신의 목소리에 귀를 기울이라.
자신의 명예나 지위나 학벌에 갇히지 말고
또 타인의 영역을 기웃거리지도 말고 있는 그대로
살 줄을 알아야 한다. 있는 그대로 살면서
다른 사람을 흉내 내지 않는 사람이야말로
자신의 빛깔과 품위를 지닌 온전한 사람이다.

법정

• 반바지 차림이 넘친다 •

충만한 삶

물질이 아무리 풍족하거나 지위가 높고, 학벌이 쟁쟁하고, 명예를 지녔다 해도 삶이 기쁘거나 행복하지 않다면 그것은 충만한 삶이라고 할 수 없다.

하지만 외적으로 보여지는 조건이 남이 보기에 평범해 보일지라도 자신이 만족하고 행복하다면 그것이야말로 충만한 삶이라고 할 수 있다.

충만한 삶을 사는 사람은 물질의 부유함과 지위와 학벌, 명예 따위를 부러워하지 않는다. 또한 남의 일에 간섭하거나, 다른 사람을 부러워하거나, 흉내 내어 살고자 하지도 않는다.

　자신만의 만족과 행복은 누가 대신 해주는 것이 아니라, 자기 자신이 만드는 것이기에 자신이 만족하고 행복하면 그것으로 족히 충만함을 느끼게 된다. 충만한 삶을 살고 싶다면 자신 내면의 세계를 풍족하게 하라. 내면의 세계가 충만하면 삶 자체가 충만하게 된다.

충만한 삶은 물질과 지위와 학벌과 명예에 있지 않다.
자신의 내면이 충만하면 외적인 조건이 가난해도 충만한 삶을 살 수 있다.

아무리 일에 지쳐 고단하고 바쁜 일상일지라도
마음만 내면 잠들기 전 5분이나
10분쯤 닳아지고 거칠어진
심성을 맑게 다스리는
그윽한 시간쯤은 가질 수 있다.
그런 시간을 통해 잃어버린 생기와
삶의 리듬을 되찾을 수 있을 것이다.

법정

• 가을이 오는 소리 •

마음을 다스리는 시간

아무런 먼지도 없을 것만 같은 반짝반짝 빛나는 유리창을 스윽 스치고 보면 먼지가 묻어나는 것을 보게 된다. 햇볕을 받아 빛을 반짝이기에 먼지가 있다는 사실을 잊고 마는 것이다.

하루하루 사람들과 만나서 이야기하고 부딪치며 살다보면 자신도 모르는 사이 마음에는 덕지덕지 삶의 먼지가 쌓인다. 그것을 그대로 두면 마음이 답답하고, 즐거운 것을 봐도 즐겁지 않고, 반가운 사람을 만나도 반갑지 않다. 마음에 쌓인 먼지로 마음이 더럽혀졌기 때문이다.

더럽혀진 마음의 먼지를 털어내기 위해서는 날마다 자신을 돌아보는 시간을 가져야 한다. 자신이 오늘 무엇을 했고, 혹여 남에게 상처는 주지 않았는지, 상처받아 멍은 들지 않았는지를 살피고 답답하고 멍든 마음을 풀어주어야 한다. 마음이 풀리면 답답하고 멍든 마음은 사라지고 고요와 평안이 찾아온다. 마음의 먼지가 끼지 않도록 날마다 마음의 먼지를 닦아내라.

자신을 살피는 시간은 생산적이고 창조적인 시간이다.
자신의 마음에 먼지가 끼지 않도록 하라.

무슨 인연에서였건 간에 사람과 사람이
마주 대하는 일은 결코 작은 일도 시시한 일도 아니다.
어떤 사람과는 그 눈빛만 보고도 커다란 위로와
평안과 구원을 얻을 수 있다. 다른 한편 두 번 다시
마주치고 싶지 않은 그런 사람도 얼마든지 있다.

법정

• 온화한 얼굴 상냥한 말씨 •

인연의 두 가지 빛깔

사람들은 저마다 만나야 할 사람이 있다. 아니 만나고 싶다고 아
니 만나고, 만나고 싶다고 만나지는 것은 더더욱 아니다. 만날 사
람은 꼭 만나게 되어 있다.

인연에는 크게 두 가지 빛깔이 있다. 만남 자체가 행복과 즐거움
을 주는 밝은 인연의 빛깔이 있다. 밝은 인연의 빛깔은 꼭 만나야
할 빛깔이다. 이처럼 소중한 인연은 모든 것에 있어 긍정적으로 작
용한다. 긍정의 에너지로 이루어졌기 때문이다.

그러나 만남 자체가 불편하고 기분을 상하게 하는 어둔 인연의
빛깔이 있다. 어둔 인연의 빛깔은 만나지 말아야 할 빛깔이다. 어
둠의 빛깔은 사사건건 부정적으로 작용한다. 부정적인 에너지로

이루어졌기 때문이다.

　이렇듯 인연은 두 가지 빛깔이 있다. 소중한 인연이 되기 위해서는 밝은 빛깔의 인연이 되도록 해야 한다. 인연 또한 자신이 만드는 것이기 때문이다.

소중한 인연은 자신이 만드는 것이다.
내가 잘하면 상대 또한 내게 잘하게 되기 때문이다.

사랑이 싹트는 순간

우리의 마음에 사랑이 들어오면 너그러워지고, 온화해지고, 이해심이 깊어진다. 사랑이란 따뜻한 에너지가 작동을 시작하기 때문이다. 그래서 무뚝뚝한 사람도 보들보들해지고 부드러운 미소를 잃지 않는다.

사랑이 있는 곳엔 평화가 있고, 자유가 있고, 양보와 배려가 있고, 용서와 화해가 꽃을 피운다. 그래서 악행을 일삼던 사람도 순결한 양처럼 변한다. 새로운 사람으로 태어나는 것이다. 그리고 사랑은 사람이든 자연이든 살아있는 모든 것들에게 희망을 갖게 한다. 이에 대해 프랑스 소설가 귀스타브 플로베르Gustave Flaubert가 이렇게 말했다.

"사랑은 봄에 피는 꽃과 같다. 온갖 것에 희망을 품게 하고 향기로운 향내를 풍기게 한다. 때문에 사랑은 향기조차 없는 메마른 폐허나 오막살이집일지라도 희망을 품게 하고 향기로운 향기를 풍기게 하는 것이다."

플로베르의 말에서 보듯 사랑은 위대한 힘과 생명력을 가지고 있어 메마른 폐허 위에 꿈과 향기를 줌으로써 새롭게 태어나게 한다.

그렇다. 우리는 서로가 서로에게 아름다운 사랑이어야 한다.

사랑이 모든 것을 가능하게 하는 건, 사랑은 위대한 힘을 가진 신성한 에너지이기 때문이다.

우리가 어디에도 매이지 않은
진정한 자유인이 되려면 무심코 익혀왔던
그릇된 습관부터 버려야 한다.
지금까지 아무 생각 없이 맹목적으로 받아들였던 것만을
받아들일 게 아니라, 내게 꼭 필요하고 긴요한 것만을
가려서 받아들일 줄을 알아야 한다.

법정

· 아름다움과 조화의 신비 ·

진정한 자유인

진정한 자유인이란 어디에도 매이지 않으면서도 지킬 것을 지킬 줄 알아야 하고, 생각이 트여야 하고, 몸과 마음에 흐트러짐이 없어야 한다. 또한 뿌리 깊은 고정관념에서 자유로워야 한다. 그래서 진정한 자유인이 된다는 것은 쉽지 않다. 자칫 하다가는 진정한 자유인이 아니라 방종과 무절제한 사람으로 인식되어 사람들에게 손가락질을 받을 수 있다.

그렇기 때문에 진정한 자유인은 자기 제어능력을 반드시 지녀야 하고, 책임과 의무감을 갖춰야 한다. 이처럼 진정한 자유인이 된다는 것은 때에 따라서는 고통이 따르는 일이기도 하다.

"자유가 스스로에게 진실하면 모든 것은 자유에 예속된다."

이는 영국의 정치인이자 정치철학자인 에드먼드 버크^{Edmund} $_{Burke}$가 한 말로 자유의 개념을 함축적으로 잘 보여준다. 자신에게 진실한 사람은 그 어떤 상황에서도 자유를 배반하지 않는다. 자신에게 필요한 것은 가리되 그렇지 않은 것엔 의연하게 대처할 줄도 안다. 이것이 진정한 자유인의 자세다.

진정한 자유는 스스로에게 진실할 때 길러진다.
그래서 진정한 자유에는 책임과 의무, 때론 고통이 따르는 것이다.

> 사람답게 사는 길은
> 이웃에게 폐를 끼치지 않고
> 도움과 덕이 되게 사는 일이다.
> 사람의 그늘이란 다름 아닌 덕이다.
>
> 법정
>
> • 겨울 하늘 아래서 •

사람답게 사는 길

사람이 사람다울 수 있는 것은 '이성'을 가진 존재이기 때문이다. 이성은 어떤 상황에서 냉철하게 옳고 그름을 판단하게 하는 능력을 말하는 것으로, 이성은 세상의 모든 동물 중 사람만이 가진 사유의 능력이다.

사람에 따라 감성의 지수가 다 다르듯 이성의 지수 또한 정도의 차이가 있다. 그래서 같은 상황에서도 이성적 능력이 뛰어난 사람은 잘못될 확률이 낮다. 반면에 이성이 약하면 잘못될 확률이 높다. 그래서 사람답게 살기 위해서는 이성적 능력이 좋아야 한다. 이런 사람은 도덕적이어서 해서 될 일과 해서는 안 될 일을 엄격히 구분하여 지킬 것은 반드시 지킨다. 남에게 불편을 준다거나, 폐를 끼친다거나, 손해를 끼치게 한다거나 하지 않는다. 그러나 그렇지 못한 사람은 남이 불편하거나 말거나 자기만 좋으면 그만이라는 식으로 행동한다.

　사람이 사람다울 수 있는 것은 사람답게 살아야 할 때이다. 그런 까닭에 사람다운 사람은 남을 도울 줄도 알고 덕을 베풀 줄도 안다. 그래서 사람답게 사는 사람이 더 큰 행복, 더 큰 만족감을 갖고 살아가는 것이다.

사람답게 사는 길은 이성을 쫓아 사람다운 사람이 되는 것이다.
이런 사람은 덕을 베풀되 피해 주는 일은 절대 금한다.

아름다움이나 향기로움에는
좀 덜 찬 아쉬움이 남아야 한다.
아름다움이나 향기의 포만은 추해지기 쉽다.
넘치는 것은 모자람만 못하는 법이다.

법정

• 비 오는 날에 •

과유불급

춘추시대 위나라의 유학자 중에 자공이라는 이가 있다. 그의 본
명은 단목사이지만 그는 자공으로 불리였다. 그는 정치적 능력이
뛰어나 노나라, 위나라의 재상을 지냈다. 그는 공자의 제자로 공자
가 무척이나 아끼는 제자였다.

어느 날 자공이 공자에게 물었다.

"선생님, 동문의 자장과 자하는 어느 쪽이 어집니까?"

이에 공자가 말했다.

"자장은 지나치고, 자하는 미치지 못한다."

이에 자공이 또다시 물었다.

"선생님, 그럼 자장이 낫다는 말씀입니까?"

이에 공자가 말했다.

"지나친 것은 미치지 못한 것과 다를 바가 없다."

이는 《논어論語》〈선진편先進篇〉에 나오는 과유불급이란 말의 유래로, 정도가 지나친 것은 오히려 모자람만 못하다는 의미로 중용中庸을 강조한 말이다. 그렇다. 무엇이든 지나치지 않는 것이 해가 없는 법이다.

아무리 좋은 것도 지나치면 도리어 해가 되는 법이다.
무엇이든 정도를 벗어나지 않는 것이 좋다.

> 우리가 참으로 남의 말을 들으려면,
> 무엇으로도 거르지 않고
> 허심탄회한 빈 마음으로
> 있는 그대로를 받아들여야 한다.
>
> 법정
>
> • 운판이야기 •

경청의 자세

경청이란 말이 있다. 남의 말을 잘 들어주는 것을 말하는 것으로 이는 상대에 대한 예의이자 자신의 인격에 대한 도리이다. 경청은 말을 유창하게 잘하는 것보다도 더 말을 잘하는 것과 같은 가치를 지닌다.

생각해보라. 당신이 말을 하는데 당신의 말을 잘 들어주는 사람과 그렇지 않은 사람과 누구에게 더 믿음이 가고 정감이 가는지를. 당연히 당신의 말을 잘 들어주는 사람이다. 왜 그럴까. 남의 말을 잘 들어준다는 것은 그 사람에 대한 최고의 예의 가운데 하나이기 때문이다.

"다른 사람의 말을 진지하게 들어주는 경청의 태도는 우리가 다른 사람에게 보일 수 있는 최고의 찬사 가운데 하나다."

　이는 자기계발 동기부여가인 데일 카네기Dale Carnegie가 한 말로 경청이 인간관계에 있어 얼마나 중요한지에 대해 잘 알게 한다.

　그렇다. 사람들과 좋은 관계를 갖기 위해서는 사람들의 말을 거르지 말고, 잘 들어주어야 한다. 그것은 곧 자신을 사람들에게 썩 괜찮은 사람이라고 믿게 하는 것과 같기 때문이다.

남이 말할 땐 성의 있게 들어주어라. 상대는 당신을 좋은 사람이라 믿고, 좋은 관계를 갖고 싶어 할 것이다.

여가와 휴식

여가와 휴식은 단순히 노는 시간이 아니라 삶을 재충전하는 '라이프 골드 타임'이다. 그런데 이처럼 중요한 '라이프 골드 타임'을 잘못 인식하는 사람들이 많다. 그저 먹고, 취하도록 마시고, 고스톱 치고, 카드놀이 하고, 골프 치는 게 고작이다. 이는 대한민국 어딜 가나 비슷한 현상으로, 진정한 여가와 휴식문화에 대해 잘 모르기 때문이다.

유대인들은 휴식시간을 잘 쓰기로 유명하다. 그들이 휴식시간을 잘 활용하는 것은 그들의 종교인 유대교의 영향과《탈무드》의 가르침에 따른 것이다.

"휴일이 인간에게 주어진 것이지 인간이 휴일에게 주어진 것은 아니다."

《탈무드》에 나오는 말로 철저하게 인간 중심으로 휴일을 보내라는 걸 알 수 있다. 이처럼 유대인들에게 있어 휴식은 지친 몸과 마음을 평안히 하고, 새로운 에너지를 창조하는 역동적이고 생산적인 시간인 것이다. 그들이 모든 분야에서 뛰어난 두각을 보이는 것은 여가와 휴식을 효율적으로 보낼 줄 아는 지혜로운 민족이기 때문이다.

여가와 휴식은 안식이며, 창조를 위한 기회이며 현대인들에게 있어 '삶의 필수아미노산'과 같은 것이다.

똑똑하게 휴식하라. 여가와 휴식은 삶을 재충전함으로써 자신의 인생을 업그레이드 시키는 '라이프 골드 타임'이다.

> 무엇이든지 차지하고 채우려고만 하면
> 사람은 거칠어지고 무디어진다.
> 맑은 바람이 지나갈 여백이 없기 때문이다.
>
> 법정
>
> • 버리고 떠나기 •

마음의 여백

무엇이든 차지하고 채워서 손에 쥐려고 하는 사람에게는 몇 가지 특징이 있다. 첫째, 지나치게 탐욕적이고 자기중심적이다. 그러다 보니 타인에 대한 배려의식이 부족하다. 둘째, 자리나 물건, 물질에 대한 집착이 강해 한 번 차지하거나 손에 들어간 것은 좀처럼 내려놓거나 끄집어 내지 않는다. 셋째, 무엇이든 차지하고 채우려다 보니 마음의 여유가 없다. 그러다 보니 말과 행동이 거칠고 양보심이 없다.

그렇다. 무엇이든 차지하고 채우려는 생각은 마음의 여유를 가로막고, 오직 차지하고 채우려는 데에만 안간힘을 쓴다. 이런 삶의 습관이나 자세에서 벗어나기 위해서는 차지하고 채우려는 욕망을 내려놓아야 한다. 그러나 그렇지 않다면 그로 인해 불행을 자초할 수 있다. 이에 대해 네덜란드 철학자인 스피노자^{Spinoza}는 이렇게 말했다.

"모든 불행과 정신적 고뇌의 원인은 정신이 물질에 대한 애착과 결부되어 있고, 불가능한 것을 가지고자 하기 때문이다."

무엇이든 차지하고 채우려고 하지 말고 마음의 여유를 가져야 한다. 그래야 삶을 여유롭게 즐겁게 살아가게 된다.

마음의 여유를 갖고 살아야 한다.
마음의 여유는 삶을 여유롭게 하고 행복하게 한다.

> 의식의 개혁이란
> 이미 있는 것에 대한 변혁이 아니라,
> 그 공간과 여백에서 찾아낸 새로운 삶의 양식이다.
> 의식의 개혁 없이 새로운 삶은 이루어질 수 없다.
>
> 법정
>
> • 버리고 떠나기 •

의식 개혁의 필요성

의식을 개혁한다는 것은 지금과 다른 삶, 지금과 다른 내가 되기 위해 반드시 필요한 정신혁명이다. 의식이 바뀌지 않으면 마음에는 있어도 실행이 되지 않는다. 실행되지 않는 의식개혁이란 있을 수 없다.

"매일 자신을 새롭게 하라. 몇 번이라도 새롭게 하라. 내 마음이 새롭지 않고서는 그 어떤 것도 기대할 수 없다."

이는 동양 명언으로 의식개혁의 중요성은 매일 '자신을 새롭게' 하는 데 있음을 잘 보여준다. 왜 그럴까. 의식개혁이란 하루아침에 되는 것이 아니라 꾸준히 오랫동안 반복적으로 하는 가운데 이루어지기 때문이다. 한마디로 말해 그만큼 의식을 새롭게 바꾼다는 것이 쉽지 않다는 것이다.

의식개혁을 하기 위해서는 첫째, 지금 안 하면 할 수 없다고 생각하라. 스스로에 대한 강력한 다짐은 동력이 된다. 둘째, 내가 변하지 않으면 새로운 나로 살 수 없다고 스스로를 독려하라. 셋째, 고통이 따르고 힘들지 않는 의식개혁은 없다. 새로운 내가 되기 위해서는 참고 견뎌야 한다.

그렇다. 의식개혁은 변화와 인내와 실행을 필요로 하기 때문이다.

새로운 나로 살아가기 위해서는 새로운 나로 바꿔야 한다.
의식개혁은 자신의 삶을 바꾸는 정신혁명이다.

덕과 악

덕은 반드시 갖춰야 할 인간의 필수 조건이다. 덕이 있는 사람은
온화하고 품행이 반듯하다. 헛말을 하지 않으며, 남에게 해를 끼치
지 아니하고, 자신이 한 말에 대해서는 책임을 지는 책임감이 뚜렷
하다. 덕은 삶을 살아가는 데 있어 인생의 나침반과 같아, 덕이 있
는 사람은 잘못되는 길에 서지 않는다.

그러나 악은 반드시 버려야 할 인간의 적이다. 악한 사람은 성격
이 난폭하고, 말과 행동이 거칠고, 남에게 피해 주는 일을 예사로
생각하고, 자신에게 주어진 책임도 다하지 않는다. 매사가 불평이
고 매사에 불만을 품고 있어 그 사람을 보는 것만으로도 눈살이 찌
푸려진다. 악은 삶을 고통스럽게 하고, 불행의 길로 빠지게 하는

어둠의 함정과도 같다.

　자신이 행복하고 즐겁고 평안한 삶을 살기를 바란다면 악을 멀리 하라. 오직 덕과 가까이 하고 덕을 심어야 한다. 덕의 끝은 언제나 화평이나, 악의 끝은 언제나 불행임을 잊어서는 안 될 것이다.

덕은 자신을 영화롭게 하고, 악은 자신을 불행에 빠지게 한다.
즐겁고 행복한 인생을 바란다면 매사에 덕을 심어야 한다.

> 건강한 정신이야말로 건강한 육체도 만들고
> 건전한 사회도 만들어낼 수 있다.
>
> 법정
>
> • 인생을 낭비한 죄 •

건강한 정신

건강한 정신은 건강한 생각을 만들고, 건강한 삶의 철학을 만들고, 건강한 삶을 만든다. 또한 건강한 생각은 건강한 육체도 만들고, 건강한 가정을 만들고, 건강한 직장을 만들고, 건강한 사회와 건강한 국가를 만든다.

건강한 정신을 갖는다는 것은 그 어떤 재물을 갖는 것보다도 큰 자산이다. 정신이 건강하면 무슨 일이든 할 수 있다.

그러나 정신이 건강하지 않으면 나쁜 생각을 하게 되고, 건강한 삶의 철학이나 건강한 삶을 만들지 못한다. 또한 건강한 육체도, 가정도, 직장도, 사회도, 국가도 만들지 못한다. 정신이 건강하지 않으면 아무리 많은 재물을 갖고 있다고 해도, 행복한 삶을 영위할 수 없다.

"범인凡人은 '이익'을 중히 여기고, 청렴한 선비는 '명예'를 중히 여기며, 현인은 '의지'를 숭상하고, 성인은 '정신'을 귀중히 여긴다."

이는 장자가 한 말로 건강한 정신의 중요성에 대해 잘 알게 한다. 그렇다. 정신이 건강해야 모든 것이 건강할 수 있다. 정신을 건강하게 하는 것은, 자신의 인생을 가치 있게 하는 삶의 근본인 것이다.

정신이 약하면 모든 것이 다 약화될 수밖에 없다.
건강한 정신은 이 세상의 모든 것이다.

무엇이 된다는 것은

무엇이 된다는 것은 각자에게 주어진 소망이며 삶의 의무와 같은 것이다. 무엇이 되기 위해서는 그만한 열정과 실천이 따라야 한다. 생각만 하고 가만히 있는데 저절로 되어지는 일은 어디에도 없기 때문이다.

그런데도 생각만 하고 가만히 있다면 정체된 삶을 살고 있다는 방증이다. 정체된 삶은 비생산적이고 비창의적이며 퇴보된 삶을 사는 것이다. 이런 삶은 더 이상의 행복과 기쁨을 주지 않는다. 마치 꽃과 열매를 맺지 못하는 죽은 나무와 같다.

무엇이 되기 위해 사는 사람들에겐 몇 가지 공통점이 있다. 첫째, 매 순간을 소중하게 생각한다는 것이다. 이런 생각이 스스로를 독려하는 원동력으로 작용한다. 둘째, 생산적이고 창의적인 마인드를 지녔다. 그래서 늘 새로운 날에 대한 기대감을 놓지 않는다. 셋째는 자신에게도 다른 사람들에게도 플러스적인 삶을 산다. 이런 긍정적인 자세가 밝은 내일을 향해 나아가게 한다.

무엇이 된다는 것은 오늘보다 나은 내일을 사는 것이다. 그 길을 당당하게 걸어간다는 것은 스스로를 축복하는 일이다.

무엇이 된다는 것은 매 순간을 생산적으로 살아가는 일이다.
매 순간을 살 때 자신에게 주어지는 인생가치는 그만큼 빛나는 법이다.

> 분수 밖의 큰 것과 많은 것 속에서
> 행복을 찾는다면 그는 늘 목말라 할 것이다.
> 물속에 있으면서 목말라 하는
> 어리석음에서 깨어나야 한다.
>
> 법정
>
> ∙ 햇차를 들면서 ∙

행복의 지수

자신이 행복하다고 말하는 사람과 불행하다고 말하는 사람에게는 뚜렷한 차이가 있다. 자신이 행복하다고 하는 사람은 행복의 지수가 낮지만, 자신이 불행하다고 여기는 사람은 행복의 지수가 상대적으로 높다.

삶을 행복하게 여기는 사람은 행복의 지수가 낮은 만큼 행복을 느끼는 대상이 상대적으로 많기 때문이다. 그래서 이런 사람은 작은 일에도 감동을 잘 하고 감사하게 여긴다.

그러나 삶을 불행하다고 여기는 사람은 행복의 지수가 높은 만큼 행복을 느끼는 대상이 상대적으로 적다. 그러다 보니 웬만한 일에는 행복을 잘 느끼지 못한다. 그래서 이런 사람은 매사에 불평하고 자신을 불행하다고 여긴다.

국민소득이 높은 나라일수록 자신을 불행하다고 여기는 사람이 많지만, 네팔, 부탄 같은 세계 최빈민국 사람들 중엔 자신을 행복하다고 여기는 사람이 많다. 작은 일에도 감사하고 행복하게 여기기 때문이다.

자신이 행복한 사람으로 살고 싶다면, 크고 좋고 많은 것에서 행복을 찾지 마라. 작은 것에 감사할 때 행복은 그만큼 커지는 것이다.

행복의 지수와 행복은 반비례한다. 행복의 지수가 높을수록 불행을 느끼고, 낮을수록 행복을 느끼기 때문이다.

> 인간이란 자기가 한 일에
> 책임을 질 수 있는 존재다.
> 인간만이 그 책임을 질 줄 안다.
>
> 법정
>
> • 아가 아가 울지 마라 •

책임은 자신의 인생에 의무다

"책임지지 못할 일은 하지 마라"라는 말이 있다. 누구나 이 말을 알고 있지만, 사람들 중엔 자신이 한 말과 행동에 대해 책임을 지는 것을 회피하는 경우가 많다. 그것은 자신을 비겁하게 만드는 일이자 자신의 양심을 더럽히는 일이다.

요즘 뉴스를 볼 때마다 눈살을 찌푸리게 하는 것은 자신이 잘못을 했음에도 변명을 일삼고, 심지어는 자신의 책임을 남에게 전가하는 이들이다. 국가와 국민을 위해 일 잘하라고 뽑아줬더니 일은 제대로 안 하고 뇌물이나 수수하고, 거짓과 협박으로 마치 깡패들이나 하는 짓거리를 일삼는 일부 정치꾼들을 보면 분노가 치밀어오른다. 그런 사람들을 일 잘하라고 세워놨으니, 그런 사람을 뽑은 사람들은 얼마나 배신감이 들겠는가.

  설령, 자신이 잘못했다 하더라도 책임지는 모습을 보인다면, 국민들이나 법은 관대함을 베풀 것이다. 그러나 책임을 지지 않으려고 한다면 국민들이나 법은 절대 용서하지 않는다. 인간은 자신의 일에 책임을 질 때 인간으로서의 가치를 지니는 법이다.

자신에게 주어진 책임은 반드시 져야 한다.
그것은 자신을 가치 있는 인간으로 만드는 일이다.

지금 이 순간을 살아라

부자란 집이나 물건을 남보다 많이 차지하고
사는 사람이 아니다. 불필요한 것들을 갖지 않고
마음이 물건에 얽매이지 않아
홀가분하게 사는 사람이야말로
진정한 부자라 할 수 있다.

법정

 • 노년의 아름다움 •

진정한 부자

부자에는 마음의 부자와 물질의 부자가 있다. 마음의 부자는 가진 것은 없지만, 물질에 좌우되지 않고 마음으로부터 행복을 느끼며 자신의 소신대로 사는 사람을 말한다. 이런 사람은 자신의 일에서 만족을 느낀다. 그러다 보니 물질의 많고 적음에 연연하지 않고, 작은 일에도 감사하고 매사를 긍정적으로 바라보고 생각한다.

물질의 부자는 물질에 대한 애착이 심하다. 물질이 쌓여가는 것을 최고의 낙으로 여기며 기쁨과 행복으로 여긴다. 그래서 오직 물질만이 자신을 기쁘게 하고 행복하게 한다고 믿는다.

마음의 부자와 정신적 부자 중 누가 더 행복할까? 딱히 누가 더 행복하다고 말할 수는 없다. 이는 사람마다 다 다르니까. 하지만

한 가지 분명한 것은 마음의 부자는 어떤 상황에서도 흔들리지 않고 자신의 삶을 지켜나간다는 것이다. 그러나 물질의 부자는 물질이 떠나가면 자신이 불행한 삶에 처할 확률이 높다. 그렇다고 본다면 마음의 부자가 진정한 부자라고 하겠다.

더 큰 행복을 느끼고 싶다면 마음의 부자가 돼라.
마음의 부자는 어떤 상황에서도 자신의 행복을 잃지 않는다.

> 옛사람들은 고전에서 인간학을 배우며
> 자신을 다스리고 높이는 공부를 했다.
> 그러나 요즘 사람들은 얄팍한 지식이나 정보의 덫에 걸려
> 고전에 대한 소양이 너무 부족하다.
> 자기 나름의 확고한 인생관이나 윤리관이 없기 때문에
> 눈앞의 조그만 이해관계에 걸려 번번이 넘어진다.
>
> 법정
>
> · 고전에서 인간학을 배우다 ·

고전에서 인생을 배우다

고전古典이란 '예전에 쓰인 작품으로, 시대를 초월하여 변함없이 읽을 만한 가치를 지니는 것들을 통틀어 이르는 것'을 말한다. 세르반테스Cervantes의 《돈키호테》나 셰익스피어의 《로미오와 줄리엣》 등은 고전이 된 문학작품으로 고전으로서 의미를 지니고, 공자의 어록인 《논어》나 노자의 《도덕경》 등은 오래된 가르침을 담은 고전 중에 고전이라고 할 수 있다.

고전이 사람들에게 깊은 영향을 주는 것은 오랜 세월을 지내오는 동안 진리가 변치 않고 시대를 초월하여 인생의 교훈과 가르침을 주기 때문이다. 그래서 고전을 많이 읽은 사람은 자신을 절제하

고 삶을 살피는 눈이 밝다.

고문진보古文眞寶라는 말이 있다. 오래된 책은 보물과 같다는 말로 고전을 많이 읽는다는 것은 결국 삶의 보물을 마음 깊이 간직하는 것과 같다. 정신을 맑게 하고 마음을 살찌게 하는 고전은 인생에 빛이다.

고전은 영원히 변치 않는 진리를 담은 고문진보다.
고전을 많이 읽는다는 것은 마음의 보물을 쌓는 것과 같다.

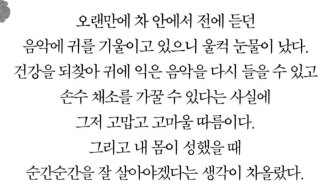

오랜만에 차 안에서 전에 듣던
음악에 귀를 기울이고 있으니 울컥 눈물이 났다.
건강을 되찾아 귀에 익은 음악을 다시 들을 수 있고
손수 채소를 가꿀 수 있다는 사실에
그저 고맙고 고마울 따름이다.
그리고 내 몸이 성했을 때
순간순간을 잘 살아야겠다는 생각이 차올랐다.

법정

• 다시 채소를 가꾸며 •

건강할 때 최선을 다하라

건강은 건강할 때 지키라는 말이 있다. 한 번 건강을 잃게 되면 건강을 찾는 데 많은 시간과 노력이 필요하기 때문이다. 몸이 건강 하지 못하면 자신이 좋아하는 것도 못하게 되고, 직장 생활은 물론 일상생활을 제대로 하지 못한다. 누군가의 도움이 있어야 하고, 그 러다 보니 주변 사람들에게 폐를 끼치게 된다.

건강한 몸은 그 어떤 재산보다도 소중하고 가치가 있다.

법정스님은 건강을 되찾고 나서 평소에 즐겨듣던 음악을 듣던 중 울컥하고 눈물을 흘린다. 건강을 찾아 예전처럼 음악을 듣고 채소를 가꿀 수 있다는 사실이 그렇게도 감사했음을 느끼신 것이다. 건강을 잃고 고통에 시달리다 건강을 되찾은 사람들은 하나같이 말한다. 건강하다는 것이 참 감사하다는 것을.

그렇다. 건강을 잃으면 모두를 잃게 된다. 돈도 명예도 지위도 다 소용없는 일이 되고 마는 것이다.

사람들은 건강할 땐 건강의 소중함을 잘 모른다.
경건한 마음과 건강한 몸으로 삶을 아낌없이 사랑하라.

> 진정한 아름다움은 샘물과 같아서
> 퍼내어도 퍼내어도 다함이 없이
> 안에서 솟아난다.
> 그러나 가꾸지 않으면 솟지 않는다.
>
> 법정
>
> • 어느 암자의 작은 연못 •

진정한 아름다움의 가치

아름다움은 크게 세 가지로 볼 수 있다. 외적인 아름다움과 지적인 아름다움과 내면적인 아름다움이 그것이다. 외적인 아름다움은 외모에서 느끼는 아름다움으로 누구나 바라는 아름다움이다. 지적인 아름다움은 배우고 익힘으로써 갖게 되는 지성미를 말한다. 내면의 아름다움은 마음을 갈고닦음으로써 얻게 되는 인격적인 아름다움을 뜻한다.

'이 세 가지 중 어떤 아름다움이 가장 아름다운 것인가?'라고 한다면 그것은 사람이 따라 다 다르게 말할 것이다. 어떤 사람은 외적인 아름다움이라고 할 것이고, 어떤 사람은 지성미라고 할 것이며, 또 어떤 사람은 내면적인 아름다움이라고 할 것이기 때문이다.

그러나 진정한 아름다움이란 인격이 잘 갖춰진 내면적 아름다움이라고 할 수 있다. 인격적인 아름다움은 아무리 퍼내도 솟아나는 샘물과 같은 것이기 때문이다. 하지만 지속적으로 인격을 가꾸지 않으면 아름다움 또한 끝나고 만다. 진정한 아름다움의 가치는 계속 가꿈으로써 빛을 발하는 것이다.

진정한 아름다움의 가치는 가꾸는 인격에 있다.
인격을 가꾸면 마르지 않는 샘물 같아서 누구에게나 존경을 받게 된다.

> 새날이 시작되는 이 거룩한 시간을
> 어떻게 맞이하느냐에 따라
> 그의 삶은 달라진다.
>
> 법정
>
> · 풍요로운 아침 ·

새날을 맞이하는 자세

우리는 날마다 새로운 아침을 맞이한다. 오늘의 아침은 어제의 아침이 아니라 새로운 오늘의 아침인 것이다. 아침을 맞이하는 자세가 그날 그 사람의 기분을 바꾸고 생활패턴을 바꿀 만큼 중요하다.

아침을 맞이할 때 상쾌한 마음으로 '아, 오늘은 어떻게 하면 즐겁고 기분 좋은 하루가 되게 할까' 하고 생각하며 기분 좋게 맞이하면 하루가 즐겁고 기분이 좋다. 그러나 '휴, 오늘을 또 어떻게 보내나' 하고 지겹게 생각하면 하루가 지루하고 따분하다. 아침에 짜증을 부리고 인상을 쓰면 하루 종일 짜증이 나고 인상을 구겨 옆사람과 시비가 붙기도 한다.

'아침을 어떻게 맞느냐는 것이 그렇게까지 중요할까?'라고 생각하지만 매우 중요하다고 할 수 있다. 시작이 좋으면 끝이 좋다는 말이 있듯, 아침이 기분 좋으면 하루 종일 기분 좋은 일이 생긴다. 모든 것은 그 사람의 마음 자세에 따라 결과가 달라지는 것처럼 아침을 어떻게 맞이하느냐에 따라 그날 하루가 결정된다.

날마다 좋은 하루를 보냄으로써 일주일이 행복하고, 한 달이 행복하고, 일 년이 행복하다면 날마다의 오늘을 기분 좋게 맞이하라.

오늘을 새롭게 하고 싶다면 기분 좋게 아침을 맞이하라.
아침에 기분이 좋으면 하루가 행복하고 즐겁다.

세상의 빛이 되는 삶

사람은 누구나 세상에 빛이 되길 바란다. 그러나 한 생애가 빛처럼 되기 위해서는 간절한 염원만으로는 안 된다. 그 염원에 걸맞는 삶을 살아야 한다. 그런데 그런 삶을 산다는 것은 쉽지 않다. 그것은 때론 많은 인내를 필요로 하고, 끊임없는 노력을 필요로 하기 때문이다.

벨기에 출생의 영국 영화배우 오드리 헵번Audrey Hepbrn. 그녀는 깜찍하고 귀여운 미모로 영화 〈티파니에서 아침을〉을 통해 유명해졌으며 〈로마의 휴일〉에서의 열연으로 아카데미 여우주연상을 수상했다. 그녀는 1999년 미국영화연구소가 선정한 '지난 100년 동안 가장 위대한 인물 100명의 스타' 여성배우 목록에서 3위에 올랐다. 그녀의 삶이 아름답고 고귀한 것은 그녀가 영화배우로서 이룬 업적이 아니다. 그녀는 유니세프 홍보대사로 활동하며 아프리카, 아시아, 남미 등지에서 헌신적으로 자신의 후반부 인생을 보냈다. 더구나 암에 걸린 상황에서도 그녀는 헌신을 멈추지 않았고 자신의 목숨이 다할 때까지 자신의 인생에 헌신함으로써 깊은 감동을 주었다.

오드리 헵번이 세상의 빛으로 남았듯이 우리는 저마다 자신에게 주어진 일은 물론 타인과 세상을 위해 헌신할 수 있는 세상의 빛이 되어야겠다.

세상의 빛으로 살고, 세상의 빛으로 남는다는 것은 참 값진 인생이다. 우리는 저마다 세상의 빛이 되어야 한다.

{
사람은 이 세상에 올 때
하나의 씨앗을 지니고 온다.
그 씨앗을 제대로 움트게 하려면
자신에게 알맞은 땅을 만나야 한다.
법정

• 자신에게 알맞은 땅을 •
}

자신에게 맞는 땅

그 어떤 씨앗이든 싹을 틔우고, 꽃을 피우고, 열매를 잘 맺기 위해서는 씨앗의 특성에 잘 맞는 땅에 심어야 한다. 씨앗의 특성에 맞지 않는 땅에 씨앗을 심게 되면 씨앗은 발아도 하지 못한 채 썩고 만다.

이는 사람 또한 마찬가지이다. 사람은 저마다 자신에게 맞는 재능이 있다. 법정스님은 이를 '하나의 씨앗'이라고 표현했으며, 그 재능이 잘 싹트고 꽃을 피우기 위해서는 그에 알맞은 땅이 있어야 한다고 했다. 법정스님이 말한 알맞은 땅은 도량度量을 비유적으로 표현한 말이다. 도량이란 '마음이 넓고 생각이 깊어 사람이나 사물을 잘 포용하는 품성'을 말한다.

그러니까 자신의 재능을 잘 살리기 위해서는 품성을 잘 갖추어야 한다는 말이다. 예를 들어 뛰어난 피아노 재능이 있다고 하자. 그런데 인내심이 약하다면 어떻게 될까. 아무리 뛰어난 재능도 인내심이 약해 제대로 연습을 하지 못하면 뛰어난 피아니스트가 되지 못한다. 그러나 인내심이 강하다면 문제는 달라진다.

　그렇다. 자신이 가진 재능을 살리기 위해서는 자신에게 잘 맞는 땅, 즉 품성을 지녀야 한다. 품성은 타고나지만, 노력에 의해 길러질 수 있기 때문이다.

씨앗이 잘 자라 꽃을 피우고 열매를 잘 맺기 위해서는 땅이 잘 맞아야 하듯,
재능을 잘 살리기 위해서는 품성을 잘 갖춰야 한다.

> 행복할 때는 행복에 매달리지 말라.
> 불행할 때는 이를 피하려고
> 하지 말고 그냥 받아들이라.
> 그러면서 자신의 삶을 순간순간 지켜보라.
>
> 법정
>
> ·삶의 기술·

지혜로운 삶

사람은 누구나 행복해지길 바란다. 행복은 인간이 살아가는 절대적인 이유이자 목적이기 때문이다. 그런데 사람에 따라 행복을 추구하는 방식은 다 다르다. 이는 그 사람의 행복의 가치관에 따라 나타나는 현상이다.

사람들 중엔 행복이라는 '그림자'에 갇혀 안주하려고 한다. 물론 평안함 속에서 행복하게 살고 싶은 마음에서다. 그러나 그 안주함이 독이 될 수도 있다. 행복의 매너리즘에 빠짐으로써 오히려 자신을 불행으로 몰고 갈 수 있다. 안주는 이중적인 특성을 갖고 있어, 무한한 평안에 깃들게도 하지만, 게으름에 젖게 하고, 나태하게 만들기 때문이다.

또한 누구나 불행에 처할 때가 있다. 이럴 때 어떤 사람은 못 견디게 괴로워하며 자신은 물론 주변 사람들을 원망하고, 삶을 불평한다. 그러다 보니 불행의 늪에 빠져 헤어나지 못하기도 한다. 불행을 피하려고만 하지 말고 잠깐 왔다 가는 손님처럼 생각한다면 불행 때문에 괴로워할 일은 없다. 오히려 자신에게 좋은 일이 생길 징조라고 생각하고, 잘 극복할 수 있도록 노력한다면 분명 그렇게 된다. 이는 지혜로운 사람이 취하는 삶의 지혜인 것이다.

행복할 때 행복에 매달리면 불행해질 수 있으므로 집착하지 마라.
불행할 때는 그냥 받아들여라. 그러면 다시 행복해질 수 있다.

> 시시한 책은 속물들과
> 시시덕거리는 것 같아서 이내 밀쳐낸다.
> 내 귀중한 시간과 기운을
> 부질없는 일에 소모하는 것은
> 나 자신에 대한 결례로 여겨지기 때문이다.
>
> 법정
>
> • 홀로 걸으라, 행복한 이여 •

책은 가려서 읽어야 한다

음식을 가려 먹고 잠을 가려 자듯, 책 또한 가려 읽어야 한다. 책은 단순히 읽고 마는 것이 아니라, 책을 통해 배워야 하는 까닭이다. 음식을 잘못 먹으면 탈이 나 건강에 이상이 생기듯, 책 또한 아무 책이나 읽으면 생각에 탈이 날 수 있고, 그로 인해 마음의 병에 걸릴 수도 있다.

요즘 우리 독서시장을 보면 깊이 있는 울림을 주는 책보다는 자기 위안을 삼는 가볍고 소소한 책들이 주로 판매된다고 한다. 물론 이런 부류의 책을 나쁘다고는 할 수 없다. 그중에는 제법 읽을 만한 책도 더러 있기 때문이다. 하지만 대체적으로 볼 땐 독서수준을 끌어올려야 하는 경각심을 주는 책들이 대부분이다. 이런 부류의 책은 글의 양이 적거나 그림이 섞여 있는 책들이 많다. 잠시 재미거리로 읽기에는 좋을지 모르나, 마음의 양식을 주는 책이라고는 할 수 없다. 책은 읽고 지나치면 의미가 없다. 책을 통해 배움이 있어야 한다. 이에 대해《탈무드》는 다음과 같이 말한다.

"책은 읽는 것이 아니라 배우는 것이다."

그렇다. 책은 읽는 것으로 끝나서는 안 된다. 배움을 얻어야 책인 것이다.

책은 가려 읽어야 한다. 아무 책이나 읽는 것은 몸에 해로운 음식을 먹는 것과 같다.

요즘 우리는 남의 말에 귀 기울이기보다는
자기 말만을 내세우려고 한다.
언어의 겸손을 상실한 것이다.
잘 들을 줄 모르는 사람과는
좋은 만남을 갖기 어렵다.
다른 사람에게도 말할 기회를 주어야 한다.
법정

• 과속문화에서 벗어나기 •

말의 겸손

　말을 하다보면 자신의 말만 하려는 사람들을 흔히 보게 된다. 남의 얘기는 듣는 둥 마는 둥 하고, 오직 자신의 말만 핏대를 세워가며 말한다. 이런 사람들은 대개 몇 가지 특징이 있다. 첫째, 자신이 말을 많이 해야 말을 잘 하는 거라고 믿는다. 그러다 보니 습관적으로 자신이 말을 주도하려고 한다. 둘째, 상대에 대한 예의가 없고 상대에 대한 배려가 부족하다. 셋째, 인간관계에 문제가 많다. 그래서 사람들과 소통하는 데 있어 많은 어려움을 겪는다. 넷째, 상대가 자신의 말을 잘 들어주기를 바라면서 자신은 상대의 말에 집중하지 않는다. 이는 상대에 대한 대단한 무례가 아닐 수 없다.

이 네 가지의 특징을 살펴보면 자기 말만 하려고 하는 사람은 한 마디로 인격이 부족하다는 것을 알 수 있다.

상대와 좋은 관계를 갖고 싶다면, 상대가 말을 할 때 잘 들어주고 상대에게 무례하지 않아야 한다. 원만한 소통은 상대를 배려할 때 자연스럽게 이루어지는 것이기 때문이다.

자신이 말할 땐 분명하게 말하고, 남이 말할 땐 잘 들어주어야 한다.
자연스러운 대화는 서로에 대한 배려에서 이루어진다.

과속문화의 병폐

　빨리빨리 문화는 우리나라의 상징처럼 여겨진다. 무엇이든 "빨리빨리"라는 말을 달고 사는 우리들의 이런 모습이 외국인들에게도 이상하게 보였나 보다. 외국인들에게 대한민국 사람들을 어떻게 생각하느냐고 물으면 부지런하고 성실하고, 빨리빨리하는 것을 좋아한다고 말한다고 한다. 부지런하고 성실한 것은 긍정적이나 빨리빨리하는 것을 좋아한다는 말은 왠지 찜찜한 느낌이 든다. 그것은 여유가 없이 급하다는 것을 의미하기 때문이다.

　식당에 가보면 음식을 주문하자마자 왜 이렇게 음식이 빨리 안나오느냐고 성화를 부리는 사람들을 흔히 보게 된다. 또한 차를 몰고 밖으로 나가면 나는 규정 속도를 지키고 가도 뭐가 그리도 급한지 뒤에서 연신 빵빵대고 야단법석을 떨어댄다.

이처럼 질서를 무시하고, 사람들을 짜증나게 하는 빨리빨리 문화는 당장 버려야 할 나쁜 습관이다. 모두를 불편하게 하는 후진국성의 이 나쁜 습관을 여유롭고 품격 있는 넉넉한 삶의 문화로 바꿔야겠다.

빨리빨리 문화는 사람들을 불편하게 하고 짜증나게 하는 등 많은 병폐를 갖고 있다. 여유롭고 품격 있는 삶의 문화로 바꿔야겠다.

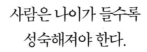

사람은 나이가 들수록
성숙해져야 한다.

법정

· 알을 깨고 나온 새처럼 ·

성숙해진다는 것은

인생을 살아가면서 성숙해진다는 것은 나이를 먹는다는 것을 의미하고, 나이를 먹는다는 것은 성숙한 인생이 되어야 함을 뜻한다. 이런 관점에서 볼 때 사람들은 크게 두 부류로 나눌 수 있다. 첫째는 나이를 먹을수록 인생이 깊어지고 풍요로워지는 사람이 있다. 이런 사람은 자신을 의미 있는 인생으로 남기고 싶어 한다. 그래서 매사에 자기 관리가 철저하고, 남에게도 너그럽고 관대하다. 둘째는 나이가 들수록 인생이 얕아지고 빈곤해지는 사람이 있다. 이런 사람은 되는 대로 그냥저냥 오늘을 살아간다. 마치 아무 생각 없이 사는 사람 같다. 그래서 자기 관리는 안중에도 없고, 타인에 대한 배려심도 없고 너그럽지도 못하다.

나잇값이라는 말이 있다. 이는 나이에 맞게 말하고 행동하라는 것을 뜻한다. 그런데 나이 먹은 사람이 가볍게 말하고 행동한다면 누구나 그를 가치 없게 여기고 무시한다. 성숙하지 못하기 때문이다. 하지만 언행이 바르고 인격적인 사람은 누구나 함부로 하지 못한다. 그 사람의 성숙함에 압도당하기 때문이다.

　나이를 먹는다는 것은 단순히 세월의 탑을 쌓는 일이 아니다. 나잇값을 하며 살라는 말이다. 그것은 자신의 인생을 성숙하게 하는 일이기 때문이다.

나이를 먹는다는 것은 자신의 인생을 성숙하게 하는 일이다.
자신의 나잇값에 맞는 인생이 되어야겠다.

> 나이가 어리거나 많거나 간에
> 항상 배우고 익히면서
> 탐구하는 노력을 기울이지 않으면
> 누구나 삶에 녹이 슨다.
>
> 법정
>
> • 알을 깨고 나온 새처럼 •

배우고 익혀라

성년부중래盛年不重來　일일난재신一日難再晨

급시당면려及時當勉勵　세월부대인歲月不待人

　이는 중국 동진 말기에 태어나 남조의 송나라 초기에 살았던 시인 도연명이 한 말로 '청춘은 다시 돌아오지 않고, 새벽은 하루에 한 번뿐이다. 좋은 시절에 부지런히 힘쓸지니, 세월은 사람을 기다려 주지 않는다'는 뜻으로 좋은 시절에 열심을 다하라는 말이다.

　그렇다. 배움에는 시기가 없다. 나이 또한 문제가 되지 않는다. 평생을 배워도 모자라는 게 배움이다. 그런데 시간이 없어서 책도 못 읽고, 배우지 못한다고 말하는 사람들이 많다. 그러나 마음만 먹으면 책도 읽을 수 있고, 배움도 가질 수 있다. 모든 것은 자신이 할 탓이다. 이에 대해 《탈무드》는 다음과 같이 말한다.

"만나는 사람 누구에게나 무엇인가를 배울 수 있는 사람이 세상에서 가장 현명한 사람이다."

옳은 말이다. 배울 수 있는 한 누구에게든지 배워야 한다. 배움은 가장 큰 정신적 자산이다.

배움에는 시기가 없다. 배울 수 있는 한 배우고 익혀라. 배우는 것이 남는 것이다.

> 밤이 이슥하도록 글을 읽다가 출출한 김에
> 차라도 한 잔 마실까 해서 우물로 물을 길으러 간다.
> 길어 놓은 물보다 새로 길은 물이라야 차 맛이 새롭다.
> 차 맛은 곧 물맛에 이어지기 때문이다.
>
> 법정
>
> • 옹달샘에서 달을 긷다 •

새물에 끓여야 차 맛도 좋다

새 책, 새 옷, 새 차, 새 집 등 새것은 그것이 무엇이든 좋다. 새것이라는 말엔 전혀 때가 묻지 않고, 깨끗하고 신선하다는 느낌이 물씬 배어나기 때문이다.

법정스님은 밤늦도록 책을 읽다 차를 마시기 위해 길어다 놓은 물을 두고도, 새물을 길러 우물로 간다고 했다. 그 늦은 시각에 물을 길러 가는 이유는 단지 맛있는 차를 마시기 위해서다. 차를 즐겨 마시는 수행자로서 차를 새물에 끓여야 더 맛있다는 것을 경험상 잘 알기 때문이다. 그래서 번거롭고 수고스러운 것도 마다하지 않는 것이다.

이는 단순한 이야기 같지만 그렇지 않다. 맛있는 차를 마시기 위해서도 수고를 아끼지 말아야 하듯, 하물며 자신이 하는 일은 어떠하겠는가. 자신이 하는 일에서 좋은 결과를 내기 위해서는 새로운 생각, 새로운 방법, 새로운 공부가 필요하다.

　그렇다. 차도 새물에 끓여야 맛있듯이, 자신이 하는 일이 좋은 결과를 내기 위해서는 새로움을 찾기 위한 노력과 수고를 아끼지 말아야 한다.

차를 맛있게 마시기 위해서 새물에 끓여야 하듯, 자신이 새로워지기 위해서는 생각도, 삶의 방법도 새로워야 한다.

> 사람에게는 저마다 주어진 상황이 있다.
> 남과 같지 않은 그 상황이
> 곧 그의 삶의 몫이고 또한 과제다.
>
> 법정
>
> • 아궁이 앞에서 •

저마다의 삶의 몫

사람은 저마다 자신의 삶의 몫이 있다. 어떤 사람은 자신의 몫을 이루고, 어떤 사람은 자신의 몫을 이루기 위해 부단히 애를 쓰고, 또 어떤 사람은 자신의 몫을 이루지 못해 전전긍긍한다.

저마다의 몫을 이루기 위해서는 자신에게 주어진 상황을 자신에게 잘 맞게 잘 대처해야 한다. 사람마다엔 그 사람만의 상황이 놓여지기 마련이기 때문이다. 그런데 이를 간과한다면 자신의 몫을 차지하는 데 문제가 있게 된다.

자신에게 주어진 상황에 슬기롭게 잘 대처하기 위해서는 첫째, 자신에게 놓여진 상황을 잘 파악해서 자신감 있게 실행할 수 있도록 해야 한다. 둘째, 상황을 파악해서 할 수 있는 일은 행하고, 그렇지 않는 일은 새롭게 대처하는 방법을 강구해야 한다. 셋째, 내 삶의 몫은 누가 대신해 주지 않는다. 오직 자신만이 할 수 있다. 어떤 상황에서도 누군가에게 의존하려는 마음을 버려야 한다.

그렇다. 어떤 상황에서도 자신의 몫을 차지하기 위해서는 자신에게 주어진 상황을 잘 대처하는 세 가지 방법을 숙지하고, 그에 맞게 지혜롭고 현명하게 대처하라. 자신이 원하는 몫을 즐거운 마음으로 취하게 될 것이다.

자신의 상황에 맞게 대처한다면 자신의 몫을 자신의 의지대로 취할 수 있다. 그 어떤 상황에도 대처하는 능력을 길러야 한다.

강물의 흐름도 굽이굽이 돌아가면서 흘러야
유속을 억제할 수 있는데 강바닥을 돌까지 있는 대로
걷어 내고 직선으로 강둑을 쌓기 때문에 강물은
성난 물결을 이루면서
닥치는 대로 허물고 집어 삼킨다.

법정

• 물난리 속에서 •

자연의 미美가 아름다운 이유

자연 그대로의 상태는 최적화된 미를 간직하고 있다. 산도 강도 바다도 지금 그대로의 모습을 간직하고 있는 것은 지금의 자연환경에 가장 최적화되었기 때문이다. 그렇지 않다면 다른 모습으로 바뀌어야 한다.

그런데 이 사실을 망각하고 인위를 가하게 되면 그에 대한 대가를 톡톡히 받게 된다. 최적화된 자연에 인위를 가한다는 것은 자연에 대한 무례를 범하는 일이고, 자연의 분노를 사는 일이기 때문이다.

지금 경포해변이나 해운대해변을 비롯해 많은 해변에서 백사장이 줄어들고 있다. 매년 피서철을 맞아 모래를 퍼 나르고 야단을 떨지만, 해마다 줄어들어 해변이 침식되고 있다. 오랫동안 콘크리트로 해변을 막아 놓아 생긴 현상이라고 한다. 강은 또 어떠한가. 홍수 조절과 가뭄에 대비해 벌인 4대강 사업으로 인해 강이 죽어 가고 있다.

이 모두는 자연을 거스르고 인위를 가해 빚어진 일이다. 지금도 늦지 않았다. 자연을 잘 보존하는 것이야말로 우리가 건강하게 영원을 사는 것이다.

자연이 죽으면 사람도 죽는다. 자연이 건강해야 사람도 건강하고 행복할 수 있다. 자연은 생명이다.

무형의 자산, 친절

친절한 사람을 보면 마음이 상쾌해지고 기분이 좋다. 마치 무더운 여름날 마시는 시원한 샘물 같고, 사랑의 향기를 품고 있어 기분 좋은 향기가 솔솔 피어오르는 것 같다. 그래서 친절한 사람은 누구나 좋아하고, 그와 함께 지내기를 바란다.

그런 까닭에 친절은 무형의 자산이라고 할 수 있다.

아무것도 가진 것 없이 친절 하나로 미국의 백화점 왕이 된 존 워너 메이커, 친절 하나로 필라델피아 산골의 호텔 직원에서 세계 최고인 월도프 아리아호텔의 사장이 된 조지 C. 볼트, 호텔 벨보이에서 힐튼 호텔을 세워 호텔 왕이 된 콘라드 힐튼은 친절의 대명사라고 할 수 있다.

"친절한 마음가짐의 원리, 타인에 대한 존경은 처세법의 제일 조건이다."

이는 스위스 철학자이자 문학가인 앙리 프레데릭 아미엘[Henri Frederic Amiel]이 한 말이다. 아미엘의 말처럼 친절은 바람직한 처세의 조건이며 감동의 조건이다.

친절한 말씨, 친절한 행동은 누구에게나 감동을 준다. 사람 향기 가득한 친절한 사람이 돼라.

친절한 사람은 향기로운 사람꽃이다.
그래서 그 주변에는 언제나 사람 향기가 은은히 퍼져 오른다.

우리가 적은 것을 바라면
적은 것으로도 행복할 수 있다.
그러나 남들이 가진 것을
다 가지려고 하면 우리 인생이 비참해진다.

법정

· 자신의 그릇만큼 ·

행복의 그릇

사람마다 행복의 그릇이 있다. 그런데 그 행복의 그릇은 크기가 각기 다 다르다. 그 이유는 행복을 느끼는 감정이 다르기 때문이다. 행복의 그릇이 큰 사람은 욕심이 많은 사람이다. 행복의 그릇이 큰 만큼 어지간한 일에서는 행복을 잘 느끼지 못한다. 그래서 행복의 그릇이 큰 사람은 스스로에게 만족하기보다는 불만스럽게 생각한다.

그러나 행복의 그릇이 작은 사람은 작은 일에도 감사하고 행복해한다. 그래서 행복의 그릇이 작은 사람은 스스로에게 만족하고 어지간한 일에는 불평하거나 불만을 품지 않는다.

이렇듯 행복의 그릇이 대자인 사람, 행복의 그릇이 중자인 사람,

230

행복의 그릇이 소자인 사람의 행복의 크기는 행복의 그릇이 소자인 사람이 가장 크고, 그다음이 중자인 사람, 그리고 대자인 사람 순이다.

자신이 더 많이 행복해지고 싶다면 행복의 그릇의 크기를 작게 하라. 행복의 그릇이 작을수록 더 많은 행복을 느끼게 됨으로써 자신의 인생에 만족하게 되고, 작은 일에도 감사하며 살아가게 된다.

행복의 크기는 행복의 그릇이 작을수록 크다.
작은 일에도 감사하고 만족을 느끼기 때문이다.

> 봄이 와서 꽃이 피는 것이 아니라
> 꽃이 피어나야 봄이 온다.
>
> 법정
>
> • 아직은 이른 봄 •

봄과 꽃

봄이 오면 산과 들은 꽃들로 가득하다. 봄이 아름다운 것은 새 생명이 움을 틔우고 산천초목이 푸르게 빛을 뿜어내기 때문이다. 봄은 살아 있는 생명들로 꿈틀거리기 시작한다. 이것이 진정한 봄 의 매력이며 봄이 계절의 첫 번째 이유인 것이다.

하지만 봄이 왔다고 해서 봄은 아닌 것이다. 꽃을 피우고, 잎을 피우고 꽃향기로 진동할 때 비로소 봄은 봄인 것이다. 이렇듯 봄과 꽃은 떼려야 뗄 수 없다. 꽃이 없는 봄은 있을 수 없고, 봄이 없이 는 꽃 또한 없기 때문이다.

우리 인생의 봄도 마찬가지다. 꿈을 꾼다고 해서 꿈을 이룬 것은 아니다. 꿈은 말 그대로 꿈인 것이다. 꿈을 이루었을 때 꿈은 비로

232

소 꿈의 가치를 높이는 것이다. 그리고 인생의 봄도 만개가 되는 것이다.

인생의 봄이 없다면 삶 자체는 회색빛으로 물들고, 행복이니 기쁨이니 하는 것은 그림 속의 꽃병이 될 뿐이다. 그러나 인생의 봄이 있다면 삶 자체는 총천연색으로 빛날 것이다.

꽃이 핌으로써 진정한 봄이 되듯, 꿈을 이루었을 때 진정한 인생으로 빛나는 것이다.

꽃이 산과 들에 가득 피어날 때 봄은 비로소 봄다워진다.
봄은 꽃과 함께 오는 계절은 여왕이다.

자신답게 살고 있다면

자신답게 사는 것처럼 자기 인생을 가치 있게 하는 것은 없다. 자신답게 산다는 것은 자신의 주체적 삶을 사는 것이기 때문이다. 자신답게 산다는 것은 당연한 일이지만, 그렇게 산다는 것은 쉽지 않다. 많은 노력을 필요로 하고, 그에 걸맞게 배우고 말하고 행동해야 한다.

자신답게 사는 사람들에게는 몇 가지 특징이 있다. 첫째, 끊임없이 좋은 가르침을 받기 위해 노력한다. 가르침을 삶의 빛으로 삼는 까닭이다. 둘째, 자기 주체성이 강해 주체적인 삶을 살기를 바란다. 그러다 보니 남을 흉내 내거나 부화뇌동하지 않는다. 셋째, 상황에 좌지우지되는 것을 용납하지 않고, 자신이 처한 상황에서 최선을 다하고자 한다.

자신답게 사는 사람들의 세 가지 특징에서 보듯 그들은 중심이 바르고, 가르침대로 살기 위해 노력한다. 그러다 보니 늘 마음을 열어 놓고, 귀를 열어 놓고, 눈을 반짝이며 새로운 가르침을 받기 위해 노력한다.

지금 자신답게 살고 있다면 자신의 인생을 가치 있게 살고 있다는 방증이다. 자신을 가치 있는 인생이 되게 하라.

자신답게 살고 싶다면 자신이 있는 그 자리에서, 순간마다 깨어 있는 삶을 살도록 노력하라.

알맞은 거리에서 바라보기

바라보면 바라볼수록 괜찮은 사람도 있고, 보면 볼수록 예쁜 꽃도 있고, 볼수록 감탄사가 절로 나는 풍경도 있다. 그런데 사람이든 꽃이든 풍경이든 너무 가까이에서 바라보거나 너무 멀리서 바라보는 것보다는 일정한 거리에서 바라보아야 더 예쁘고 아름답게 느낄 수 있다. 가까이서 보면 몰라도 될 것까지 보게 되므로 식상할 수 있고, 멀리서 보면 뚜렷하게 보이지 않아 예쁘고 아름다운 것을 놓칠 수 있기 때문이다.

이를 잘 알게 하는 고사성어로 불가근불가원不可近不可遠이란 말이 있는데, '너무 가까이도 말고 너무 멀리도 하지 마라'는 뜻이다. 이 말은 인간관계에 있어 매우 중요한 의미를 담고 있다. 너무 가까이도 너무 멀리도 하지 않고 지낼 땐 즐겁게 인사를 나누던 사람이었는데 가까이 하게 되자 보이지 않던 그의 진면목을 보게 된다. 그 사람의 좋은 면은 관계없는데 평소에 보지 못했던 나쁜 면을 보게 되면 실망하게 됨으로써 그와 멀어지게 되고 나중엔 관계를 끊고 만다.

그렇다. 너무 가까이도 너무 멀리도 말고 적당한 거리를 유지하는 것이 좋다. 그것이 그 사람과 오래도록 인간관계를 유지하는 비결이다.

너무 가까이도 너무 멀리도 하지 말고, 일정한 거리에서 볼 때 더한 기쁨을 느끼게 된다. 일정한 거리를 유지하라.

삶이 녹슬지 않게 하라

철만 녹이 스는 것은 아니다. 사람도 녹이 슨다. 알고 있는 것을 잊거나 전보다 못한 삶을 산다면, 그것은 곧 삶이 녹슨다는 증거다. 철이 녹슬지 않게 기름으로 닦아주듯, 삶이 녹슬지 않기 위해서는 자신을 갈고닦아야 한다.

독일 최고 시인, 작가, 과학자, 정치가, 독일 고전주의 문학의 대표작가로 평가받는 요한 볼프강 폰 괴테Johann Wolfgang von Goethe 는 어린 시절 천재교육을 받을 만큼 뛰어났다. 그는 문학 외에 법률에도 관심을 기울여 1770년 스트라스부르 대학에서 법률박사 학위를 받았다. 또한 그림에도 재능이 뛰어나 그림을 그리기도 했다. 뿐만 아니라 광물학, 식물학, 골상학, 해부학에도 조예가 깊어 연구를 하는 등 실적을 쌓았다. 괴테는 바이마르대공화국의 정무를 담당하는 추밀참사관, 추밀고문관, 내각수반으로 약 10년간 정치 활동을 했다. 그는 다재다능한 능력으로 자신의 능력을 펼쳐 보인 위대한 천재로 평가받는다.

이처럼 괴테가 다방면에서 활발히 활동할 수 있었던 것은 자신의 삶이 녹슬지 않게 한시도 게을리하지 않았기에 가능했다. 자신의 삶이 늘 싱그러운 봄날 같기 위해서는 삶이 녹슬지 않게 탐구하고 실천하는 일에 열정을 다하라.

머리도 쓰지 않으면 녹이 슨다. 머리가 둔해지는 것이 바로 그 증거다.
삶이 녹슬지 않는 자가 가장 현명한 자이다.

> 오래된 것은 아름답다.
> 거기에는 세월의 흔적이 배어 있기 때문이다.
> 그 흔적에서 지난날의 자신을 되돌아볼 수 있다.
>
> 법정
>
> • 오래된 것은 아름답다 •

오래된 것의 미美

강원도 횡성군 서원면 유현리에 가면 풍수원성당이 있다. 1905년에 착공하여 1907년에 지어진 건축물로, 한국에서 네 번째로 지어진 성당이자 우리나라 신부가 지은 최초의 성당이다.

성당의 규모는 크지 않으나 고전미와 단순미가 돋보이는 고색창연한 건축물이다. 정면에는 돌출한 종탑부가 있고, 출입구는 아치형으로 되어 있어 운치를 더한다. 또 종탑부 꼭대기에는 낮은 8각형의 첨탑이 서있고, 가장자리마다 작은 첨탑이 서있으며, 종탑부와 동단에 쏙 내민 다각형 부분에는 뾰족한 아치형의 창이 나 있다. 천주교 박해를 피해 숨어든 신자들의 정성이 벽돌마다 촘촘히 배어 있는 듯하여, 보는 것만으로도 뭉클하다. 단순하고 소소해서 더 돋보이는 오래된 건축물은 마치 설법자의 말씀처럼 고고하다.

오래된 도자기, 그림, 부채, 액세서리, 건축물 등이 예술적 가치를 지니는 것은 오랜 세월 속에서도 예술적 미를 간직하고 있기 때문이다. 그렇다. 오래된 것은 그것이 무엇이든 아름다움을 갖추고 있다. 세월이란 흔적이 고스란히 남아 미적 감각을 한층 더 배가시켰기 때문이다.

오래된 것은 낡고 진부하다는 생각을 버려라. 오랜 것은 그것이 무엇이든 세월을 지탱해온 세월의 무게가 숨 쉬고 있다. 그래서 오래된 것은 아름다운 법이다.

> 요즘 와서 느끼는 바인데,
> 누구로부터 받는 일보다도
> 누구에겐가 주는 일이 훨씬 더 좋다.

법정

• 주고 싶어도 줄 수 없을 때가 오기 전에 •

준다는 것의 의미

사람들은 대게 남으로부터 무엇을 받을 때 더 행복해하고 즐거워한다. 그것은 자신이 누군가로부터 사랑을 받고 있다고 믿기 때문이다. 그런데 주는 것을 더 좋아하는 사람들은 줌으로써 더 큰 행복을 느끼고 즐거움을 느낀다. 자신의 사랑을 누군가에 줌으로써 사랑의 가치를 느끼기 때문이다. 그래서일까, 받는 것보다 주는 것을 좋아하는 사람은 마음이 따뜻하고, 사랑이 많다.

시인 청마 유치환은 자신의 시 〈행복〉에서 사랑은 받을 때보다 줄 때가 더 행복하다고 말한다. 그가 그런 시를 쓸 수 있었던 것은 자신의 경험에 의해서다. 경험상 주는 것이 받는 것보다 더 행복하다는 것을 아는 사람들은 봉사활동도 적극적으로 하고, 가진 것이 없어도 아끼고 절약해서 후원하는 것을 즐겨한다.

준다는 것은 없어지는 것이 아니다. 없어짐으로써 생기는 것이다. 사랑이 충만해지고, 행복이 충만해지고, 기쁨이 충만해지고, 삶의 의욕이 충만해지고, 믿음이 충만해지고, 신뢰가 충만해진다.

자신이 더 큰 행복과 사랑을 느끼며 살고 싶다면, 자신의 사랑을 누군가에게 주어라. 줌으로써 더 큰 행복과 사랑을 얻게 될 것이다.

주는 것은 잃는 것이 아니라, 새로운 기쁨과 새로운 행복을 얻는 것이다.
더 큰 행복을 바란다면 나누는 일에 열심을 다하라.

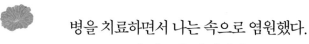

병을 치료하면서 나는 속으로 염원했다.
이 병고를 거치면서
보다 너그럽고, 따뜻하고, 친절하고,
이해심이 많고, 자비로운 사람이 되고자 했다.
인간적으로나 수행자로서
보다 성숙해질 수 있는 계기로 삼고자 했다.

법정

• 병상에서 배우다 •

병이 주는 깨달음

병을 앓게 되면 평소에 생각지 못했던 깨달음을 얻는다. 어떤 사람은 병이 나면 건강을 위해 열심히 운동을 해야겠다고 깨닫는가 하면, 어떤 사람은 지금껏 살아왔던 자신의 지난날을 되돌아보는 기회로 삼는다. 그래서 자신의 부족한 점이나 잘못한 것을 반성함으로써 지금과는 다르게 살겠다고 스스로에게 다짐을 한다. 병은 아픔과 고통을 주기도 하지만, 인생의 깨달음을 주는 기회가 되어주기도 한다.

법정스님은 병을 통해 수행자로서 보다 더 성숙한 수행자가 되어야겠다는 다짐과 함께 한 사람으로서 너그럽고 따뜻하고 친절

하고 이해심 많은 자비로운 사람이 되어야겠다고 생각한다. 오랫동안 수행을 닦아 온 수행자이지만 병을 통해 얻은 인생의 깨달음을 글로써 들려주는 인생의 가르침이 피부에 와 닿는다.

그렇다. 병을 병으로만 보지 마라. 인생의 큰 깨달음을 주는 '인생의 전환점'으로 삼는 지혜로운 사람이 되어야 한다.

병을 아픔과 고통으로 여기면 아픔과 고통일 뿐이지만, 인생의 깨달음으로 삼는다면 인생을 가치 있게 살아가게 될 것이다.

내 삶은 내가 만든다

자신과의 타협을 경계하기

사람들은 대부분 자신에게는 지극히 관대하고 타인에게는 엄정하다. 그러다 보니 자신의 잘못은 당연한 일처럼 생각하고, 상대의 잘못은 매우 못마땅하게 생각한다. 다시 말해 자신과의 타협에 능하다는 말이다. 그런 행위는 자신에게도 타인에게도 부정적으로 작용한다. 자신은 더 못난 사람으로 전락하게 되고, 타인은 불쾌감을 갖게 됨으로써 타인으로부터 원성을 살 수 있기 때문이다.

그러나 자신에게 엄정하고 타인에게 관대한 사람은 자신과의 타협을 경계하는 일이 능통하다. 그렇지 않으면 자신에게 관대함으로써 자신을 잘못되게 할 수 있고, 타인에게는 야박하게 굴게 됨으로써 원성을 살 수 있다는 것을 잘 알기 때문이다. 이에 대해 공자는 이렇게 말했다.

"자신에게 엄정하고 타인에게 관대하라."

옳은 말이다. 자신이 사람들과 좋은 관계를 갖고 싶다면 자신에게는 엄정하되 타인을 관대하게 대하라. 그리하면 타인으로부터 썩 괜찮은 사람으로 평가될 것이다.

자신의 잘못은 엄정하게 반성하고, 타인에게는 관대하라.

마음을 나누는 삶

마음을 나눈다는 것은 참 아름답고 행복한 일이다. 그것은 사랑을 나누는 일이며 자신의 마음을 주는 일이기 때문이다. 물질이 없다고 해도 마음을 나눌 수 있다면 그것만으로도 자신은 물론 상대도 충분히 행복할 수 있다.

그런데 많은 사람들 중엔 물질을 나누지 못한다는 것에 대한 아쉬움을 갖고 있는 사람들이 많다. 물질이 없이 마음을 나눈다는 것에 대한 자격지심이 드는 까닭이다.

그러나 그것은 잘못된 생각이다. 물질이나 마음이나 나누는 것은 다 똑같다. 이에 대해 프랑스 작가이자 비평가인 아나톨 프랑스 Anatole France는 다음과 같이 말했다.

"이 세상의 참다운 행복은 남에게서 받는 것이 아니라 내가 남에게 주는 것이다. 그것이 물질적인 것이든 정신적인 것이든 인간에게 있어 가장 아름다운 행동이기 때문이다."

옳은 말이다. 아나톨 프랑스의 말처럼 물질이 됐건 마음이 됐건 내가 가진 것으로 나눈다는 데 의의가 있는 것이다.

마음을 나누는 사람이 많을수록 따뜻한 사회다.
자신의 마음을 나누는 일에 기쁨으로 동참하라.

> 하나가 필요할 때는 하나만 가져야지
> 둘을 갖게 되면 애초의 그 하나마저도 잃게 된다.
>
> 법정
>
> • 행복의 비결 •

욕심 버리기

두 명의 랍비가 어떤 땅을 서로 사려고 했다. 첫 번째 랍비가 땅값을 놓고 흥정을 벌였다. 그 틈을 타 두 번째 랍비가 그 땅을 모두 사 버렸다. 그 일이 있고 나서 어떤 남자가 두 번째 랍비에게 가서 '한 남자가 과자를 사기 위해 과자가게에 갔는데 이미 와 있던 다른 남자가 과자의 질을 알아보는 사이 뒤에 온 사람이 그 과자를 모두 사버렸다면 그 뒤에 온 사람을 어떻게 생각하느냐'고 물었다. 그러자 두 번째 랍비는 나중에 온 사람은 분명히 나쁜 사람이라고 말했다. 그러자 어떤 남자는 두 번째 랍비가 한 행위는 나중에 와서 과자를 산 남자와 똑같다고 말했다.

그러자 양심의 가책을 느낀 두 번째 랍비는 이 일을 어떻게 해결하면 좋을까 생각했다. 그때 어떤 남자가 두 번째 랍비에게 첫 번째 랍비에게 그 땅을 되팔라고 했다. 하지만 그렇게 할 수 없다고 말하자 그럼 첫 번째 랍비에게 선물하라고 했다. 그래서 두 번째 랍비가 첫 번째 랍비에게 선물을 하겠다고 하자 첫 번째 랍비가 거절했다. 그래서 두 번째 랍비는 그 땅을 학교에 기부했다.

이는 《탈무드》에 나오는 얘기로, 욕심이 과하면 가진 것마저도 잃는 법이라는 교훈을 담고 있다. 지나친 욕심을 삼가야 한다.

지나친 욕심을 삼가라.
욕심은 자신을 망치는 그릇된 일이다.

> 나는 가끔 많은 사람들을 만나게 되는데
> 말수가 적은 사람한테는 오히려 내가 내 마음을
> 활짝 열어 보이고 싶어진다.
>
> 법정
>
> • 말이 적은 사람 •

말수가 적은 사람

말이 너무 없어도 답답하지만, 말이 너무 많은 사람은 신뢰가 가지 않는다. 그래서 예로부터 말이 많은 사람을 싱겁다고 표현했으며 실제로 말이 많은 사람은 쓸 말보다도 쓸데없는 말을 많이 한다. 그러다 보니 말실수로 인해 곤혹을 치르기도 한다.

뉴스에서 흔히 보게 되는 것은 잘못한 말 때문에 구설수에 올라 빈축을 사는 사람들이다. 이들의 공통점은 말을 거르지 않고 불쑥불쑥 한다는 데 있다. 그리고 입이 가볍다는 것이다.

말을 하되 할 말을 하고, 불필요한 말은 삼가는 것이 좋다. 그리고 자신이 한 말에 대해 책임지는 모습을 보여야 한다. 그래야 언행이 일치되는 사람으로 인식되고, 그가 하는 말은 팥으로 메주를

쏟다고 해도 믿게 된다. 그리고 말수가 적은 사람에게는 무슨 말을 해도 괜찮다는 생각이 든다. 입이 무거워 말을 옮기지 않는다는 믿음이 들기 때문이다.

그렇다. 자신이 누군가에게 신뢰를 주고 싶다면, 말수를 줄이고 불필요한 말은 삼가야 한다.

말이 많으면 없는 것만 못하다.
사람들에게 믿음을 주고 싶다면 말을 하되, 불필요한 말은 삼가야 한다.

> 행복이란 무엇인가.
> 밖에서 오는 행복도 있겠지만 안에서 향기처럼,
> 꽃향기처럼 피어나는 것이 진정한 행복이다.
>
> 법정
>
> • 날마다 새롭게 •

내 안에서 피어나는 행복

행복은 누가 주기도 하지만, 자기 스스로 만들 때 더 오래가고 가치가 있다. 그런데 어떤 사람들은 남이 자신을 행복하게 해주길 바란다. 그러다 보니 남이 자신에게 관심을 기울이지 않으면, 못 견뎌 하고 불행하다고 생각한다. 하지만 분명한 것은 행복은 자기 스스로 만들어야 한다는 것이다.

스스로 행복을 만드는 사람에게는 몇 가지 특징이 있다. 첫째, 누군가가 자신을 행복하게 해주길 바라지 않는다. 그러다 보니 사람들에게 의지하려는 마음이 적다. 둘째, 자신의 것을 나누는 일에 인색함이 없다. 누군가에게 베풂으로써 자신을 행복하게 만든다. 셋째, 공짜를 바라거나 불로소득을 바라지 않는다. 자신의 수고만이 자신을 기쁘게 하고 행복하게 만든다고 믿는다.

이렇듯 행복은 자신이 스스로 만드는 것이다. 이에 대해 고대 그리스 대철학자 아리스토텔레스^{Aristoteles}는 이렇게 말했다.

"행복한가? 그렇지 못한가? 행복은 결국 우리들 자신에게 달려 있다."

옳은 말이다. 자신의 행복을 남에게서 구하지 마라. 행복은 자신에게 달려 있는 것이다.

행복해지고 싶다면 자신이 행복을 만들되, 자신의 안에서 행복이 꽃처럼 피어나게 하라.

> 이 세상일에 원인 없는 결과가 없듯이
> 그 누구도 아닌
> 우리들 자신이 파놓은 함정에
> 우리 스스로 빠지게 되는 것이다.
>
> 법정
>
> • 모든 것은 지나간다 •

스스로 파놓은 함정에 빠지지 마라

자승자박自繩自縛이란 말이 있다. 제 풀로 제 몸을 묶는다는 뜻으로, 자신이 한 말과 행동으로 인해 자신이 구속되어 괴로움을 당하게 됨을 이르는 말이다. 즉 자기 꾀에 자기가 넘어간다는 말이다.

당나귀와 소금장수가 있었다. 소금을 등에 싣고 가던 당나귀가 발을 헛디뎌 시냇물에 빠지자, 등에 있던 소금이 녹고 말았다. 그러자 당나귀는 가벼워진 것을 느끼고는 그다음부터는 일부러 넘어져 소금을 녹게 하였다. 소금장수의 손해가 이만저만이 아니었다. 그런데 소금장수는 그것이 당나귀의 계략이라는 걸 알아차리고, 소금 대신 가벼운 솜을 나르게 했다. 당나귀는 또다시 시내를 건너다 물에 빠지고 말았다. 그런데 소금과는 달리 물먹은 솜은 무거웠다. 그 후 당나귀는 더 무거운 짐을 옮기게 되었다.

이는 이솝우화에 나오는 〈당나귀와 소금장수〉라는 이야기다. 당나귀가 제 꾀에 제가 넘어간 것처럼 자신이 파놓은 함정에 빠져 웃음거리가 된 사람들로 매스컴이 연일 시끌벅적하다.

영원한 비밀은 없는 법이다. 옳지 않은 일은 항상 자신을 옭아매는 올무가 된다는 것을 잊어서는 안 될 것이다.

자기가 파놓은 함정에 빠지는 어리석은 일을 벌이지 마라.
그것은 바보들이나 하는 짓이다.

열매를 맺지 못하는 씨앗은 쭉정이로 그칠 뿐,
하나의 씨앗이 열매를 이룰 때
그 씨앗은 세월을 뛰어넘어
새로운 씨앗으로 거듭난다.

법정

• 하나의 씨앗이 •

새로운 씨앗

꽃은 활짝 피었다 지면 그대로 사라지는 것이 아니라, 새로운 씨앗을 남긴다. 꽃이 아름다운 것은 사람들에게 기쁨을 주고, 향기를 주고, 세상을 아름답게 가꾸기 때문이며, 다음 해에 새롭게 피어날 씨앗을 선물하기 때문이다.

사람 또한 이와 같나니 자신의 삶의 열매를 맺고 삶의 씨앗을 남기는 사람이 되어야 한다. 그것이 무엇이든 상관없다. 작고 보잘것없는 삶이라 할지라도 자신이 있음으로 해서 세상이 자기가 태어나기 전보다 조금이라도 더 좋아졌다면 그것만으로도 충분히 인생의 가치가 있기 때문이다.

새로운 삶의 씨앗을 맺기 위해서는 첫째, 그것이 무엇이든, 크든

작든 상관없다. 자신에게 주어진 일에 매진하라. 둘째, 생산적이고 창조적인 마인드를 길러, 에너지 넘치는 열정으로 살아가라. 셋째, 소모적이고 헛된 일에 자신을 낭비하지 마라. 낭비하는 만큼 자신을 소모한다.

　그렇다. 자신의 삶의 씨앗을 남기는 지혜로운 삶을 살아야 한다. 그것이 자신의 인생에 대한 최소한의 예의이기 때문이다.

자신이 있음으로 해서 세상이 자기가 태어나기 전보다 조금이라도 더 살기 좋아진다면, 그것만으로도 새로운 씨앗을 남길만한 가치가 충분하다.

> 그 어떤 어려운 상황에서도
> 생의 소박한 기쁨을 잃지 않는 것
> 그것이 바로 삶을 살 줄 아는 것이다.
> 그것은 모자람이 아니고 가득 참이다.
>
> 법정
>
> • 안으로 충만해지는 일 •

기쁨으로 산다는 것

어떤 난관에 봉착해서도 절망하지 않고, 기쁨을 잃지 않는다면 충분히 그 어려움에서 벗어날 수 있다. 거기에는 희망의 에너지가 있고, 기쁨의 에너지가 있어 자신에게 한껏 힘을 불어넣어주기 때문이다.

하지만 자신을 비참히 여겨 절망하고 슬픔에 젖어 삶을 방관한다면 어려움의 동굴에 갇혀 영영 헤어나지 못하게 된다. 어렵고 힘들어도 절망하지 않고, 기쁨을 잃지 않는 것이 중요하다.

"기뻐하고 기뻐하라. 인생의 사업, 인생의 사명은 기쁨이다. 하늘을 향해, 태양을 향해, 풀을 향해, 나무를 향해, 동물을 향해, 그리고 인간을 향해 기뻐하라. 이 기쁨이 어떤 일이 있어도 파괴되지 않도록 감시하라. 이 기쁨이 파괴되면 그것은 다시 말해서 그대가 어디선가 과오를 저질렀기 때문이다. 그 과오를 고치도록 하라."

이는 러시아의 국민작가 래프 톨스토이Lev Tolstoy가 한 말로 기쁨으로 사는 삶이 인생에 있어 얼마나 값지고 소중한 것인지를 잘 알게 한다. 그렇다. 기쁨으로 인생을 사는 우리가 되어야겠다.

소박한 기쁨이든 큰 기쁨이든 기쁨을 안고 사는 것, 그것이야말로 값지고 행복한 삶인 것이다.

> 좋은 친구를 만나려면
> 먼저 나 자신이 좋은 친구감이 되어야 한다.
> 왜냐하면 친구란
> 내 부름에 대한 응답이기 때문이다.
>
> 법정
>
> • 친구 •

내가 먼저 좋은 친구가 돼라

좋은 친구를 곁에 두는 가장 좋은 방법은 자기가 먼저 좋은 친구가 되는 것이다. 의리를 잘 지킨다든지, 남을 잘 도와준다든지, 품행이 단정하다든지, 마음이 온유하다든지, 인정을 잘 베푼다든지, 성실하다든지, 친구들 사이에 평판이 좋다든지, 무슨 일이든 앞장서서 잘 해낸다든지, 정직하다든지, 예의가 바르다든지, 함부로 말하지 않고 진중하다든지 하면 그런 친구를 안 좋아할 사람은 없다.

자기 맘에 맞는 좋은 친구가 없다는 생각이 들면, 자신이 먼저 좋은 모습을 보이도록 해야 한다. 그러기 위해서는 노력이 따라야 한다. 앞에서 열거한 좋은 친구가 되는 방법을 하나씩 하나씩 실천에 옮겨보라. 물론 그렇게 한다는 것은 쉽지 않다. 때에 따라서는

'내가 꼭 이렇게까지 해야 하나' 하는 생각이 들기도 할 것이다.

하지만 좋은 친구를 두기 위해서는 그런 노력 정도는 감수해야 한다. 좋은 친구는 인생에 있어 삶의 길동무이자, 동료이며, 훌륭한 인적자산이다. 좋은 친구를 두고 싶다면 자신이 먼저 좋은 친구가 되어라.

모든 것은 자기가 할 탓이다. 좋은 친구를 두기 위해서는 자신이 좋은 친구가 되면 된다.

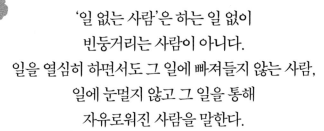

'일 없는 사람'은 하는 일 없이
빈둥거리는 사람이 아니다.
일을 열심히 하면서도 그 일에 빠져들지 않는 사람,
일에 눈멀지 않고 그 일을 통해
자유로워진 사람을 말한다.

법정

· 꽃에게서 배우라 ·

진정한 일의 의미

'일이 인간에게 미치는 영향은 무엇인가'라는 문제에 대해 생각
해보는 것도 일을 좀 더 객관적으로 살피는 데 있어 도움이 됨은
물론 그로 인해 일을 즐기며 할 수 있는 계기가 되어 주리라 생각
한다.

먼저 일은 인간의 의식주를 해결하는 수단이다. 일은 인간에게
입을 것과 먹을 것, 잠자고 쉬는 곳을 제공해 주는 수단이다. 그리
고 일은 자아를 계발하고 자아를 실현하는 수단이다. 그러니까 자
신이 하는 일이 있다는 것은 이 두 가지를 해결할 수 있다는 것이
고, 일을 통해 자신의 가치를 높일 수 있음을 뜻한다.

그런데 사람에 따라서는 일이 있어도 일이 없는 것 같은 사람이 있다. 법정스님은 이에 대해 '일이 없는 사람은 하는 일 없이 빈둥거리는 사람이 아니라 열심히 하면서도 그 일에 빠져들지 않는 사람'이라고 정의한다.

이 말은 매우 중요한 의미를 담고 있다. 일에 빠져든다는 것은 일과 사람이 일치가 되어야 함을 뜻한다. 한마디로 말해 일 자체가 인생의 기쁨이 되어야 한다. 그래야 일의 가치도 사람의 가치도 그만큼 가치를 지니게 되는 것이다.

일은 의식주를 해결하는 수단이지만 자아를 실현하는 수단이다. 즐겁게 일에 빠져들 때 그 일은 일로써 가치를 지니게 된다.

나누는 일을 이다음으로 미루지 말라.
이다음은 기약할 수 없는 시간이다.

법정

· 삶의 종점에서 ·

지금 나누고 공유하라

지금이란 이 순간은 한 번 지나면 영원히 다시 오지 않는다. 그래서 시간을 잘 쓴다는 것은 시간에 대한 예의며 자신에 대한 예의이다. 그러나 시간을 잘못 쓰면 스스로를 기만하고, 스스로에게 불충하는 일과 같다. 하고 싶은 것이 사랑이든, 공부든, 일이든, 봉사든 그 무엇이라 할지라도 지금, 바로 지금 이 순간에 해야 하는 것이다.

나누고 공유하는 삶 또한 마찬가지다. 지금 이 순간에 나누고 기쁨을 공유해야 한다. 나중 일은 아무도 모른다. 인생은 지금 이 순간이 소중한 것이다. 그러기에 지금 이 순간을 알차고 보람 있게 살아야 한다.

"마지막 순간에 간절히 원하게 될 것, 그것을 지금 하라."

20세기 최고의 정신의학자이자 호스피스 운동의 선구자이며 《인생수업》의 저자인 엘리자베스 퀴블러 로스Elizabeth Kubler Ross가 한 말로, 하고 싶은 일은 지금 해야 한다는 것을 잘 알게 한다. 그렇지 않으면 나중에 후회하게 되기 때문이다.

그렇다. 하고 싶은 일은 지금 하되 특히 나누는 일은 더더욱 지금 해야 보람을 느끼게 되고, 기쁨을 공유함으로써 모두가 행복할 수 있다.

지금 이 순간은 지나가면 더 이상은 없다. 하고 싶은 일은 지금 하라.

> 인간은 누구나 어디에도 기대서는 안 된다.
> 오로지 자신의 등뼈에 의지해야 한다.
> 자기 자신에, 진리에 의지해야 한다.
>
> 법정
>
> · 자신의 등뼈 외에는 ·

자기에게 의지하라

세상에서 가장 믿을 사람은 자기 자신이다. 지금의 친구도, 동료도, 친지도 그 누구도 내일은 등을 돌리게 될지도 모른다. 사람들 중엔 그 사람의 상황의 변화에 따라 등을 돌리는 이들이 있다.

왜일까. 자신에게 불이익이나 손해가 따를지도 모른다는 생각에 의해서다. 그런 까닭에 자신이 믿을 사람은 오직 자신밖에 없는 것이다. 그래서일까, 자신에 대한 의지력이 강한 사람은 자신에 대한 믿음과 신념이 강하다. 그래서 매사에 자신감이 넘친다. 자신이 자신을 의지하고 믿기 위해서는 강한 자신감을 길러야 한다. 그렇지 않으면 자신을 의지하고 믿는 마음이 사라진다. 이에 대해 미국의 시인이자 사상가인 랠프 왈도 에머슨^{Ralph Waldo Emerson}은 다음과 같이 말했다.

"내 자신에 대해 자신감을 잃으면, 온 세상은 나의 적이 된다."

옳은 말이다. 자기 자신에 대해 자신감을 잃게 되면 그 누구도 믿지 못하게 된다. 모두가 자신의 적처럼 생각되기 때문이다. 강한 자신감만이 자신을 의지하고 믿게 한다는 것을 잊어서는 안 될 것이다.

자신이 원하는 것을 이루고 가치 있는 인생이 되고 싶다면, 강한 자신감을 길러 자신을 믿고 자신에게 의지하라.

> 맺힌 것은 언젠가 풀지 않으면 안 된다.
> 이번 생에 풀리지 않으면
> 언제까지 지속될지 알 수 없다.
>
> 법정
>
> · 회심 ·

맺힌 것은 반드시 풀어라

절친한 친구가 있었다. 이들은 어려울 때는 서로에게 힘이 되어주고, 즐거울 때는 함께 즐거움을 나누며 만끽했다. 서로를 믿고 의지하며 각자가 맡은 일을 열심히 해 나갔다.

그러던 어느 날 한 친구가 일이 어려워지자 친구에게 돈을 빌려달라고 했고, 친구는 적금 들었던 돈과 집을 담보로 대출을 받아 돈을 해주었다. 그런데 돈을 빌린 친구가 아무 말도 없이 미국으로 훌쩍 떠나버린 것이다. 그 친구는 미국으로 가기 위해 친구를 이용한 것이다. 그 일로 인해 돈을 해준 친구는 어려움을 겪게 되었고, 그 일로 아내와 이혼을 하게 되었다. 15년이란 세월이 흘러 미국에서 돌아온 친구는 돈을 빌려주었던 친구의 소식을 듣고는 가슴을 치며 통곡했다. 자신으로 인해 친구의 인생이 엉망진창이 되었기 때문이다. 그는 물어물어 시골에서 지내는 친구를 찾아가 자신의 잘못을 빌었다. 친구는 진심으로 뉘우치는 그의 잘못을 받아들였다. 맺힌 것을 풀고 둘은 예전의 친구로 돌아갔다.

누군가에게 맺힌 일을 했다면 반드시 풀어야 한다. 그렇지 않으면 저세상에 가서도 자유롭지 못하다. 맺힌 것이 없는 사람이 진정 자유로운 사람이다.

자신의 잘못으로 누군가의 가슴을 맺히게 했다면 반드시 풀어라.
그렇지 않으면 영원히 자유롭지 못할 것이다.

> 세상살이에 어려움이 있다고 달아나서는 안 된다.
> 그 어려움을 통해 그걸 딛고 일어서라는
> 새로운 창의력, 의지력을 키우라는
> 우주의 소식으로 받아들여야 한다.
>
> 법정
>
> • 사는 것의 어려움 •

어려움에 맞서 이겨내라

어려움은 누구에게나 찾아온다. 어려움으로부터 자유로운 사람은 없다. 그러나 한 가지 분명한 것은 어려움이 찾아오면 피하지 말고 맞서 이겨내야 한다. 어려움도 자기를 두려워하는 사람에게는 강하고, 자신에게 맞서는 사람에게는 약하다. 어려움을 이겨내기 위해서는 첫째, 어려운 상황에 맞닥뜨려도 겁내지 마라. 겁내는 순간 충분히 할 수 있는 것도 못하게 된다. 둘째, 고난과 시련 속에서 자신을 건져줄 사람은 바로 나뿐이라고 생각하라. 내가 할 수 있는 것도 남에게 의존하고자 하면 절대 할 수 없다. 셋째, 마음의 근육을 키워라. 마음이 단단히 여물면 어떤 어려움이 닥쳐도 흔들리지 않는다. 넷째, 몸과 마음을 단정히 하여 날마다 기도하라. 기도는 마음을 맑게 하고 긍정적으로 만드는 '정신적 비타민'이다.

다섯째, 포기하는 순간 자신이란 존재는 무無가 되고 만다. 절대 자신을 무無가 되게 해서는 안 된다. 힘들어도 내 인생, 즐거워도 내 인생이다.

견인불발堅忍不拔이란 말이 있다. 참고 견디어 흔들리지 않는다는 뜻이다. 그렇다. 참고 견디어 어려움을 이겨내면 반드시 새로운 길이 열리는 법이다.

어려움은 누구에게나 온다. 흔들리지 않는 강철 같은 굳센 마음으로 이겨내라. 어려움을 이기는 순간 새로운 길이 열린다.

신선하고 활기찬 삶

물통의 물도 매일 새물로 갈아 채워야 한다. 어제의 물은 오늘의 물에 비해 신선도가 떨어진다. 신선도가 떨어지는 물로 밥을 하고 음식을 하면, 새물로 하는 것보다 맛이 덜하다.

사람 또한 마찬가지다. 어제의 마음은 오늘에는 낡은 마음이다. 낡은 마음은 새로운 마음을 따라가지 못한다. 마음을 새롭게 채우기 위해서는 어제의 낡고 묵은 마음은 반드시 비워내야 한다. 그렇지 않으면 새 마음이 들어갈 수가 없다. 새 마음이 들어오면 몸과 마음이 새털처럼 가볍고 경쾌하여 무엇을 하더라고 즐겁게 할 수 있다. 이에 대해 영국의 위대한 극작가이자 시인인 윌리엄 셰익스피어William Shakespeare는 다음과 같이 말했다.

"사람은 마음이 즐거우면 종일 걸어도 싫지 않으나, 마음에 근심이 있으면 잠깐 걸어도 싫증이 난다. 인생의 길도 마찬가지니 언제나 명랑하고 유쾌한 마음으로 인생의 길을 걸어가라."

세익스피어의 말은 표현만 다를 뿐 마음을 맑게 하여 삶을 신선하고 활기차게 살라는 말이다. 그렇다. 삶이 신선하고 활기차야 유쾌하고 깊은 울림이 있는 인생을 살아가게 된다.

낡은 마음을 비워내고 늘 새롭게 하라. 마음이 새로우면 삶이 신선하고 활기차 인생을 유쾌하게 살아가게 된다.

> 자기 식대로 살려면 투철한
> 개인의 질서가 전제되어야 한다.
> 그 질서에는 게으르지 않음과 검소함과
> 단순함과 이웃에게 해를 끼치지 않음도 포함된다.
>
> 법정
>
> · 다시 길 떠나며 ·

자기 방식의 삶

자신의 인생을 성공적으로 살았던 사람들의 가장 뚜렷한 공통점은 자기 자신에게 엄격한 것이다. 자신에게 엄격한 사람은 자신의 실수나 잘못을 덮지 않는다. 깊이 반성함으로써 두 번 다시는 같은 실수와 잘못을 반복하지 않는다. 또한 게으르고 나태하고 무지함을 용납하지 않는다.

독일의 대철학자로 서유럽 근세 철학의 대가이며 《순수이성비판》,《실천이성비판》으로 유명한 임마누엘 칸트 Immanuel Kant는 어려서부터 규칙적인 생활을 몸소 실천했고, 그의 그런 습관은 일생을 살아가는 동안 한 번도 흐트러져본 적이 없다. 그의 철저한 규칙적인 생활은 자신을 강하게 강화시킴으로써 자연스럽게 몸에

밴 습관이다. 특히, 철학이라는 심오한 학문은 많은 책을 읽어야 하고, 거듭된 연구를 해야 하는데 그러기 위해서는 많은 인내가 요구된다. 칸트가 이룩한 철학자로서의 업적은 자신과의 싸움에서 이김으로써 이룰 수 있었으며, 그로 인해 자신을 인생의 승리자가 되게 했던 것이다. 칸트처럼 자신만의 방식의 삶을 철저하게 실행한다면 가치 있는 인생을 살게 될 것이다.

자신만의 방식으로 삶을 살아가기 위해서는 질서를 잘 지키고, 스스로에게 진실해야 한다. 또한 남에게 해를 주어서는 안 된다.

> 때로는 천천히 돌아가기도 하고
> 어정거리고 길 잃고 헤매면서 목적이 아니라
> 과정을 충실히 깨닫고 사는 삶의 기술이 필요하다.
>
> 법정
>
> • 직선과 곡선 •

삶의 과정의 중요성

삶을 느끼고 즐기면서 살기 위해서는 목적을 향해 가되 너무 서두르지 말고 차근차근 가야 한다. 때로는 한 템포 두 템포 삶의 속도를 늦추기도 하고, 또 때론 돌아가기도 하고, 이곳저곳을 살피면서 삶의 과정을 거치다 보면 앞만 보고 갈 때 볼 수 없는 것들을 보게 된다. 이런 새로운 것들을 볼 수 있는 눈은 지금과는 다른 삶을 바라보게 함으로써 새로운 생각과 새로운 삶의 가치를 발견하게 된다.

그런데 대개의 사람들은 앞만 보고 가는 데 급급해 이런 삶의 과정을 지나치게 된다. 때로는 천천히 돌아가기도 하고, 어정거리고, 길을 잃고 헤매면서 목적이 아니라 과정을 충실히 깨닫고 사는 삶의 기술이 필요하다. 삶은 목적도 중요하지만, 그 과정은 더 중요하다. 과정을 통해 희로애락을 느낌으로써 생생한 삶을 경험하게 되기 때문이다. 그리고 삶의 과정이 좋으면 결과 또한 좋은 법이다.

지금보다 더 자신을 가치 있게 살고 싶다면, 좀 더 여유를 갖고 삶을 살아가야겠다.

삶은 목적도 중요하지만 그 과정 역시 중요하다. 과정이 중요하면 새로운 시각을 갖게 됨으로써 더 좋은 결과를 낳게 되기 때문이다.

> 사람은 자연으로부터
> 그 질서와 겸허와 미덕을 배워야 한다.
>
> 법정
>
> • 인간의 배경 •

자연은 선생이다

자연은 거대한 교실이자 위대한 스승이다. 꽃 한 송이, 풀 한 포기, 한 그루의 나무, 한 마리의 나비, 한 마리의 새, 바람, 흙, 돌, 비, 해, 눈 등은 모두가 선생이다. 우리는 그것을 통해 삶을 배우고, 지혜를 기르고, 몰랐던 무지를 깨닫게 된다.

그런데 객인 우리가 스승인 자연을 맘대로 좌지우지하려고 한다. 그 모든 것은 우리들의 욕심을 위해서다. 함부로 강물을 막고, 산을 깎아내리고, 나무를 베어내고, 갯벌을 메우고 간척지를 만든다. 그러다 보니 우리에게 배신을 당한 자연은 분노하고, 우리는 그 대가를 톡톡히 겪는다.

객이 주인의 집을 가로채는 것은 강도짓과 같다. 객인 우리가 주인인 자연을 인위적으로 좌지우지한다는 것은 자연을 강탈하는 것과 다름없다.

자연은 순리를 거스르지 않는다. 언제나 순리에 따라 움직이고, 순리에 따라 오늘을 간다. 법정스님이 말했듯이 순리를 따르는 것은 자연의 겸허이며 미덕이다. 우리는 자연의 겸허와 미덕을 배워야 한다. 그것은 우리의 자연에 대한 도리이며, 의무이기 때문이다.

자연은 인간을 배반하지 않는다. 배반하는 것은 늘 우리 인간이다. 우리가 잘 살아가기 위해서는 자연의 겸허와 미덕을 배워야 한다.

> 참다운 삶이란 무엇인가. 욕구를 충족시키는
> 생활이 아니라 의미를 채우는 삶이어야 한다.
> 의미를 채우지 않으면 삶은 빈 껍질이다.
>
> 법정
>
> ·끝없는 탈출·

참다운 삶

대개의 사람들은 자신의 욕구를 채우기에 급급하다. 욕구는 자연적인 것이고 인간의 본성이기 때문이다. 그러나 참행복을 느끼며 삶을 가치 있게 살기 위해서는 욕구를 갖고 살되, 의미 있는 삶을 추구해야 한다. 의미 있는 삶은, 인생의 가치를 끌어올리는 주체이기 때문이다.

의미 있는 삶을 살기 위해서는 자신에게 주어진 재능을 통해 그에 맞게 살아가면 된다. 가령 음악을 잘한다면 자신의 재능을 기부함으로써 자신의 재능을 살림은 물론 타인들에게 기쁨을 주게 된다. 또한 글쓰기의 재능이 있다면 글쓰기를 통해 사람들에게 감동을 주고 깨우침을 줌으로써 삶의 이정표가 된다. 그리고 가난한 이웃과 사회를 위해 봉사함으로써 행복을 얻게 되고, 행복을 전함으로써 따뜻한 이웃과 사회가 되는 데 기여하면 된다.

의미 있는 삶은 크고 높고 우뚝한 것이 아니다. 소박하고 작은 일일지라도 누군가에게 도움이 되고 기쁨을 줄 수 있다면, 그것만으로도 충분한 가치가 있다. 지금 한 번 자신의 주변을 돌아보라. 자신이 무엇을 할 수 있는가를. 그리고 자신의 형편에 맞게 그것을 행하라.

의미 있는 삶을 크고 높은 것에서 찾지 마라.
자신의 형편에 따라 할 수 있는 거라면 그 어떤 것도 의미가 있다.

진정한 소유자

대개의 사람은 물질이든. 사랑이든, 사람이든 무엇이든 자기 것으로 취하려는 속성이 있다. 소유하려는 마음은 자연스러운 것이지만, 지나친 소유욕은 집착을 부르고 집착이 지나치면 불행의 늪에 빠질 수 있다.

소유의 굴레에서 완전히 벗어날 수는 없지만, 소유하려는 욕심을 줄일 수는 있다. 그렇다면 '소유의 굴레에서 벗어나야 하는 이유는 무엇일까'라는 생각을 해보게 된다. 한마디로 말해 몸과 마음의 자유로움을 위해서다. 소유의 굴레에 갇히게 되면 몸과 마음이 편치 않다. 무엇이든 손에 넣어야 한다는 생각 때문이다. 그러나 소유의 굴레에서 벗어나면 몸과 마음은 평온해진다. 이런 평온함이 자신의 몸과 마음을 자유로이 하는 것이다.

"알맞은 정도라면 소유는 인간을 자유롭게 한다. 도를 넘어서면 소유가 주인이 되고 소유자가 노예가 된다."

이는 19세기 독일의 철학자이자 시인인 프리드리히 니체^{Friedrich Wilhelm Nietzsche}가 한 말로 왜 소유로부터 자유로워야 하는지를 잘 알게 한다. 그렇다. 우리는 소유로부터 자유로워야 진정한 소유자가 될 수 있다.

진정한 소유자가 되려면 소유의 노예가 되지 말고, 소유의 주인이 되어야 한다.

> 몸은 길들이기 나름이다.
> 너무 편하고 안락하면 게으름에 빠지기 쉽다.
> 잠들 때는 복잡한 생각에서 벗어나
> 숙면이 되도록 무심해져야 한다.
>
> 법정
>
> · 생활의 규칙 ·

바른 생활규칙

우리의 몸은 환경과 생활에 따라 영향을 받는다. 어떤 환경에 놓여있고 어떻게 생활하느냐에 따라, 우리는 몸은 그에 맞게 적응한다. 쾌적한 환경 속에서 규칙적인 생활을 꾸준히 하게 되면 규칙에 적응이 되어 규칙적으로 생활하게 된다. 그러나 너무 편안하면 몸과 마음이 느슨해져 게으르고 나태함에 빠지게 된다. 그래서 예로부터 선현들은 자기 몸을 편안하게 하지 않고, 적절하게 움직이면서 나태에 빠지지 않게 했다.

바른 생활규칙은 몸과 마음을 바르게 함으로써, 자신의 삶을 바르게 하고 흐트러지지 않게 한다. 또한 생각이 많으면 잠자리가 편치 않다. 많은 생각들이 숙면을 방해함으로써 안락한 쉼을 보내지 못한다. 법정스님의 말처럼 복잡한 생각에서 벗어나야 숙면을 취함으로써 몸과 마음을 맑게 하여, 유쾌하고 명랑하게 생활하는 데 큰 도움이 된다.

바른 생활규칙은 자신의 삶을 안정되게 하고, 규칙적이게 함으로써 건전하고 건강한 생활을 하는 데 도움이 되고, 그럼으로써 즐겁고 행복한 생활을 영위하게 된다.

규칙적이고 바른 생활은 자신의 몸과 마음을 건강하게 함으로써 즐거운 생활을 하는 데 큰 도움을 준다. 바르고 규칙적인 생활인이 돼라.

> 아무리 좋은 말이
> 우리를 기다리고 있다고 할지라도
> 내 자신이 들을 준비가 되어 있지 않으면
> 그 어떤 좋은 말도 내게는 무의미하고 무익하다.
>
> 법정

· 좋은 말 ·

유익한 말 무익한 말

자신의 인생을 지혜롭게 살아가기 위해서는 좋은 말을 많이 듣고 가슴에 새겨야 한다. 그리고 그 말이 시키는 대로 실천에 옮긴다면 자신이 바라는 인생을 사는 데 큰 빛이 된다. 좋은 말은 삶의 빛이며, 인생의 내비게이션이기 때문이다.

좋은 말을 듣기 위해서는 마음을 활짝 열어놓고 받아들여야 한다. 두 귀는 쫑긋 세우고, 두 눈을 반짝이며, 몸은 반듯이 하고 진지하게 경청해야 한다. 그러나 아무리 좋은 말도 듣는 자세가 되어있지 않으면 법정스님 말처럼 무의미하고 무익할 뿐이다.

무엇이든 태도가 문제다. 태도를 어떻게 취하느냐에 따라 같은 말도 빛이 되고, 쓰레기처럼 흘려보내게 된다. 태도는 그 사람의 인생의 가치를 바꿀 만큼 중요하고 힘이 세다.

그렇다. 금은보화보다 좋은 말은 잘 들으면 유익한 말이 되고, 잘 듣지 않으면 무익한 말이 될 뿐이다. 여기에 태도의 중요성이 있는 것이다.

좋은 말을 많이 듣고 자신의 인생에 유익한 빛이 되게 하라.

좋은 말은 인생에 빛이다. 빛이 되는 좋은 말을 마음을 열고 맘껏 받아들여라. 그런 만큼 자신의 삶은 성장할 것이다.

> 보지 않아도 될 것은 보지 말고
> 듣지 않아도 될 소리는 듣지 말고
> 먹지 않아도 될 음식은 먹지 말고
> 읽지 않아도 될 글은 읽지 말아야 한다.
>
> 법정
>
> · 하루 한 생각 ·

하지 말아야 할 것들

살아가면서 해야 할 일은 반드시 하고, 하지 말아야 할 것은 반드시 해서는 안 된다. 해야 할 일을 하는 것은 자신의 발전을 위해 반드시 필요한 요소이기 때문이다. 그러나 하지 말아야 할 것들을 하지 말아야 하는 것은 그것을 함으로써 자신을 잘못되게 할 수 있기 때문이다. 법정스님은 이를 네 가지 관점에서 말한다. 첫째, 보지 않아도 될 것은 보지 마라. 둘째, 듣지 않아도 될 소리는 듣지 마라. 셋째, 먹지 않아도 될 것은 먹지 마라. 넷째, 읽지 않아도 될 글은 읽지 마라.

우리 주변엔 보지 않아도 될 것들, 듣지 말아야 될 것들, 먹지 말아야 될 것들, 읽지 말아야 할 것들이 많다. 그런데 그것을 보고, 듣고, 먹고, 읽게 되면 부정적으로 작용하게 된다. 눈을 더럽히고, 마음을 어둡게 하고, 몸을 병들게 하고, 정신을 흐리게 하기 때문이다.

자신이 인생을 유쾌하고 행복하게 살아가기 위해서는 하지 말아야 할 것은 하지 말아야 한다. 그러나 해야 할 것은 반드시 실행하라. 그것은 자신을 위해 매우 값진 일이 되어주기 때문이다.

해야 할 것들은 하되, 하지 말아야 할 것들은 하지 마라.
그것은 자신의 인생을 위해 반드시 필요한 일이다.

> 마음이 맑고 투명해야 평온과 안정을 갖는다.
> 마음의 평화와 안정이야말로
> 행복과 자유에 이르는 지름길이다.
>
> 법정
>
> • 마음은 하나 •

마음의 평화와 안정

행복한 삶은 마음을 평화롭게 하고 안정되게 한다. 이를 바꿔 말하면 마음이 평화롭고 안정되어야 행복하다는 말이다. 마음을 평화롭고 안정되게 하려면 마음이 맑고 밝아야 한다. 그리고 평온해야 한다.

마음을 맑고 밝고 평온하게 하기 위해서는 첫째, 모든 것을 긍정적으로 생각하고, 긍정적으로 행해야 한다. 긍정의 에너지는 마음에 어둠을 몰아내고 무슨 일이든 맑고 밝게 행하게 하기 때문이다. 둘째, 매사에 좋은 생각을 해야 한다. 좋은 생각은 마음을 따뜻하게 하고, 밝게 하기 때문이다. 셋째, 자신을 살핌으로써 묵은 마음을 씻어 내야 한다. 마음을 깨끗하게 하면 몸과 마음이 맑아지기 때문이다.

"사람의 마음을 씻는 것은 몸을 씻는 것과 같다. 하루 사이에 예전에 물들었던 더러운 것을 씻고 새로운 것을 얻거든, 그 새로운 것을 가지고 날마다 새롭게 하고 또 날마다 새롭게 하라."

이는《대학》에 나오는 말로 마음을 씻고 마음을 새롭게 하면 마음이 맑고 밝고 평온해짐을 의미한다. 그렇다. 마음을 맑고 밝고 평온하게 하라.

마음을 맑고 밝고 평온하게 하면 마음이 평화롭고 행복해진다.
마음을 맑고 밝고 평온하게 하라.

자기 스스로
행복하다고 생각하는 사람은 행복하다.
마찬가지로 자기 스스로
불행하다고 생각하는 사람은 불행하다.
그러므로 행복과 불행은 밖에서 주어지는 것이 아니라
내 스스로 만들고 찾는 것이다.

법정

• 스스로 행복한 사람 •

내가 만드는 행복

내가 아는 어떤 이는 목수 일을 한다. 그는 자신을 예술가라고 말한다. 왜냐하면 자신은 의자도 만들고, 책상도 만들고, 집도 짓고, 식탁도 만들고, 자신이 만들고 싶은 것은 무엇이든지 다 만들 수 있다는 것이다. 그러니 자신은 '우드 아티스트'라는 것이다.

그리고 그는 시간이 날 때마다 홀로 사는 어르신들이나 소년 소녀가장 집을 찾아가 고장 난 것들을 고쳐준다. 나는 그가 사는 모습을 보고 "그래, 당신이야말로 라이프 아티스트다!"라고 말해주곤 한다.

그는 자신이 하는 일을 아주 자랑스럽게 여긴다. 그처럼 자신이 하는 일에 긍지를 갖는 사람도 드물 거라고 생각한다.

그는 오늘도 자신의 일에 만족해하며 즐겁게 일한다. 그가 행복하게 살아가는 것처럼 행복은 자기가 만드는 것이다. 이에 대해 러시아 작가 도스토옙스키Dostoevskii는 "행복이란, 누가 주는 것이 아니라 스스로 찾아내는 것이다"라고 말했다. 그렇다. 행복은 자신이 만드는 것이다.

누군가에 행복을 바라기보다 자기가 만들어라.
그러면 자신도, 자신이 사랑하는 사람들도 행복해질 수 있다.

삶은 부피가 아니라 질이다

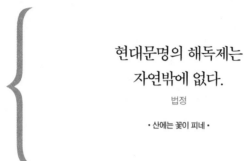

현대문명의 해독제는
자연밖에 없다.

법정

· 산에는 꽃이 피네 ·

문명의 해독제

현대는 각종 문명의 이기들로 가득하다. 문명의 이기는 삶을 혁신시키고, 생활의 편리를 주고, 시간의 속도를 앞당겼다. 하지만 이러한 긍정적인 결과에도 불구하고, 아이러니하게도 사람들의 마음은 메마르고 건조해짐으로써 감동이 사라지고, 이웃 간에도 단절되고, 점점 더 각박해지고 있다.

기계자동화설비로 인해 사람들의 일이 줄어들고, 무인 편의점을 비롯한 무인 은행 등 로봇과 기계가 사람 대신 일을 처리하는 것을 마치 무슨 인류의 혁신처럼 여기고 있다. 이제 곧 자율자동차가 거리를 누비며 사람이 할 일을 대신하게 된다. 머잖아 로봇이 의사 대신 치료를 하고, 간호를 한다고 한다.

지금도 가뜩이나 감정이 무디어져 인간성을 상실하고 있는데, 이렇게 가다가는 필시 살아 있는 로봇이 되고 말 것이다. 이런 일을 방지하기 위해서는 순수하고 때 묻지 않은 자연으로부터 위로와 위안을 받음으로써 감정이 더는 무디어지지 않고 인간성이 상실되지 않도록 해야 한다.

그렇다. 자연은 쉽게 접할 수 있는 인류 최대의 안식처이자 법정 스님의 말처럼 문명의 해독제인 것이다.

때 묻지 않은 자연은 사람들의 영원한 안식처이자 위안처이다.
무디어지고 더럽혀진 마음을 자연으로부터 말끔히 씻어내야겠다.

> 풍요 속에서는 사람이 타락하기 쉽다.
> 그러나 맑은 가난은 우리에게
> 마음의 평안을 가져다주고
> 올바른 정신을 지니게 한다.
>
> 법정
>
> · 산에는 꽃이 피네 ·

맑은 가난

물질의 풍요는 인간의 삶을 풍족하게 하고, 안락하게 했으나 정도에서 벗어난 삶을 향해 걸어가게도 한다. 많은 사람들이 카지노로 몰리고, 사행성 오락에 빠져 가산을 탕진하고 그 여파로 가족이 해체되는 등 많은 부작용을 낳고 있다. 먹고살 만하고 넘치니까 자꾸 딴생각을 하는 것이다. 그것이 자신의 삶의 무덤이 되는지도 모른 채 말이다.

만일 그들이 가난하거나 생활할 만큼의 재산이 있다면 적어도 그런 불상사를 만들지는 않을 것이다. 그런데 넘치다 보니 자신도 모르게 다른 곳으로 눈길이 가는 것이다.

일부러 가난을 자처할 필요는 없지만 물질이 풍요롭다 할지라도 마음을 가난하게 하도록 해야 한다. 마음이 가난한 사람은 물질의 부피에 관계없이 타락하거나 정도에서 벗어나지 않는다.

성경에 이르길 마음이 가난한 자는 복이 있다고 했다. 마음이 가난하면 마음이 맑고 깨끗하게 됨으로써 그 어디에도 물들지 않고 정도를 지키며 살기에 참다운 삶을 살게 된다. 어디에도 얽매이지 않는 맑고 깨끗한 내가 되어야겠다.

마음이 맑고 깨끗하면 마음이 가난해진다. 그래서 마음이 가난한 사람은 잘못된 길에 서지 않고, 정도를 벗어나지 않는다.

믿음은 머리에서 나오지 않는다. 가슴에서 온다.
머리에서 오는 것은 지극히 추상적이고 관념적이다.
머리는 늘 따지고 의심한다. 그러나 가슴은 받아들인다.
열린 가슴으로 믿을 때 그 믿음은 진실한 것이고
또 살아 움직이는 것이다.

법정

• 산에는 꽃이 피네 •

열린 가슴으로 믿어라

믿음을 갖는다는 것은 매우 중요하다. 믿음은 자신에 대한 확신
이고, 상대에 대한 확신이며 그래서 의심 없이 순수하게 받아들이
게 된다. 그런데 믿음을 머리로 하려는 사람들이 있다. 믿음은 가
슴으로 믿는 것이다. 가슴으로 믿을 때 온전히 믿게 된다.

믿음은 종교적인 것이든, 인간관계에서의 믿음이든 가슴으로 믿
을 때 온전하게 받아들이게 되고, 진리와 진실은 더욱 공고해지는
것이기 때문이다. 그러나 머리로 믿으려고 하면 계산하게 되고, 추
측하게 되고, 의심하게 되고, 따지게 됨으로써 믿음의 대상에 대해
불신하게 되고 불편한 진실로 인해 부정적인 상황에 처하게 된다.
이처럼 머리는 이성적이어서 믿음을 갖기에는 문제가 많다.

믿음은 의심 없이 믿을 때 믿음으로써 가치를 지니게 되고, 자신에게 떳떳함으로써, 상대에게 자신의 진실을 전하게 된다. 그렇다. 믿음은 진실에 대한 증거이다. 가슴을 활짝 열고 믿고 또 믿어라.

머리로 믿으려고 하지 마라. 그것은 어리석은 일이다.
믿음은 가슴으로 믿을 때 온전하게 믿고 받아들이게 된다.

> 물건은 도구이다.
> 살아가면서 필요한 생활 도구이다.
> 생활 도구로 쓰지 않고 물건을 반닫이 위나
> 어디에 모셔 놓으면 그건 도구가 아니다.
>
> 법정
>
> · 산에는 꽃이 피네 ·

물건은 도구다

어떤 집에 가보면 물건들을 사용하지 않고 장식장에 보관하거나 혹은 가지런히 모아 둔 것을 보게 된다. 그것들은 눈요깃감을 목적으로 한 것이다.

저마다의 물건은 각자 쓰임이 있다. 그런데 눈요깃감만으로 사용된다면 그 물건이 지닌 고유한 용도를 상실하고 만다.

사람 또한 마찬가지이다. 각 사람마다 그 사람만의 특성이 있고, 개성이 있고, 재능이 있다. 그래서 각자가 자신의 특성과 개성, 재능에 맞는 일을 한다면 다른 것을 할 때보다 더 잘하게 되고, 힘들어도 즐겁게 할 수 있다.

그런데 이를 잘 알고도 다른 일에 매달려 인생을 소비하는 사람들이 있다. 물론 이를 잘못됐다고는 할 수 없다. 하지만 자신에게 잘 맞는 것에 자신의 특성과 개성, 재능을 올인한다면 생산적이고 창조적인 인생으로 살아갈 확률이 크다.

그렇다. 물건이나 사람이나 저마다 다 쓰임이 있다. 물건이 사용될 때 도구로써의 기능을 하듯, 사람 또한 자신의 특성과 개성, 재능에 맞는 일을 할 때 자신의 능력을 제대로 펼쳐 보이게 된다.

물건을 사용할 때 도구로써의 기능을 다하듯, 사람 또한 자신의 재능에 맞는 일을 할 때 자신을 능력을 잘 펼쳐 보이게 된다.

삶의 무게, 고민

살다보면 누구나 고민을 하게 된다. 인생에 대한 고민, 가족에 대한 고민, 일에 대한 고민, 학교에 대한 고민, 진로에 대한 고민, 자식에 대한 고민, 건강에 대한 고민, 친구에 대한 고민, 인간관계에 대한 고민, 배우자에 대한 고민, 결혼에 대한 고민, 사업에 대한 고민 등 수많은 고민을 하고 산다. 그리고 그 고민을 해결하기 위해 온갖 노력을 기울인다. 그리고 그 고민을 해결함으로써 자신이 원하는 것을 이루게 된다.

고민은 법정스님의 말대로 삶의 무게이고, 빛깔이다. 어떻게 고민을 하느냐에 따라 문제의 해결 정도가 달라지기 때문이다. 고민은 인생의 짐이 아니라 지금보다 나은 인생을 위한 디딤돌인 것이다.

고민이 없는 인생은 없다. 인생은 고민하며 그 고민을 통해 자신이 원하는 것을 얻게 되고, 새로운 것을 발견하게 된다.

고민을 피하지 마라. 고민을 적극적으로 해결하도록 해야 한다.

디딤돌인 고민을 밟고 넘어가느냐 못 가느냐에 따라 삶의 빛깔이 달라진다.
고민하라. 더 많이 고민하라.

곤란의 힘

곤란한 일을 겪게 되면 당황하게 되고, 난처하게 된다. 그래서 때론 어쩔 줄 몰라 하게 됨으로써 어려움에 처하게 된다.

그런데 사람에 따라 곤란함에 대처하는 자세는 각기 다르다. 그 것은 그 사람의 성격에 따라, 위기에 대처하는 능력에 따라 영향을 받기 때문이다.

법정스님은 곤란이 없으면 자만심이 넘치게 되고, 남의 사정을 모르고 사치해진다고 했다. 이는 매우 적확한 지적이라고 할 수 있다. 곤란을 겪고 자신의 부족함이나 못난 점을 사무치게 느끼게 되면, 자신에 대해 되돌아보게 된다. 나는 과연 이 정도밖에 안 되는 사람이었는가 하는 생각이 들면 한없이 부끄러워지고, 작아지게 된다. 그래서 자만에 찼던 사람은 자만을 내려놓게 되고, 하늘 높은 줄 모르고 우쭐거리며 자기만이 전부라고 하며 교만하던 사람은 교만을 내려놓게 되는 계기를 맞게 된다.

이런 관점에서 볼 때 곤란은 긍정적으로 작용하는 '깨우침의 교훈'이라고 할 수 있다. 곤란함을 겪게 되면 자신의 부족함을 채우는 계기로 삼아야 한다. 그런 사람만이 더 나은 삶을 향해 발전할 수 있다.

곤란은 자신의 부족함을 깨치게 하는 삶의 선생이다.
곤란을 겪게 될 때 자신을 똑바로 바라보라.

> { 지극히 사소하고 일상적인 것 속에
> 행복의 씨앗이 들어 있다.
> 빈 마음으로 그걸 느낄 수 있어야 한다. }
>
> 법정
>
> • 산에는 꽃이 피네 •

사소하고 일상적인 행복

자신이 행복하고 싶다면 행복한 일을 많이 만들면 된다. 그런데 문제는 행복을 남보다 내가 더 많이 가졌거나, 좋은 옷을 입고, 좋은 차를 타고, 좋은 집에서 살고, 좋은 직업을 가졌다거나 하는 등 외적으로 보기에 크고 멋지고 높은 것에서 찾는다는 데 문제가 있다. 이처럼 외적으로 볼 때 남보다 좋은 조건에서 행복을 찾으려고 한다면 많은 행복을 느끼기란 쉽지 않다. 이런 조건을 갖춘 사람보다 그렇지 않은 사람이 다수이기 때문이다.

그렇다면 문제는 간단하다. 사소하고 일상적인 일에서 행복을 찾으면 된다. 물론 외적으로 볼 때 지극히 사소하고 일상적인 일일 수 있다. 그러나 본인이 느끼기에 행복하면 되는 것이다. 사소하고

312

일상적인 일은 자신이 어떻게 하느냐에 따라 할 수 있는데, 자신을 기분 좋게 하고, 기쁘게 하는 일을 많이 하면 된다. 그러면 자연히 많은 행복을 느끼게 된다.

사실 행복이란 큰일에서건 작은 일에서건 느끼는 것은 별반 차이가 없다. 아무리 큰 행복도 그 순간이 지나면 그만이다. 따라서 사소하고 일상적인 일에서 느끼는 지속적이고 잔잔한 행복이 더 울림이 크고 깊다. 그렇기 때문에 작고 사소한 일에서 행복을 느끼도록 행복거리를 많이 만들면 되는 것이다.

행복은 큰일에서든 작은 일에서든 느끼는 것은 별반 차이가 없다.
큰일에서 느끼는 행복의 경우는 별로 없지만, 사소한 일에서는 자신이 하기에 따라 얼마든지 느낄 수 있다.

자세히 보라

산길이나 들판에 아무렇지도 않게 피어 있는 들꽃도 자세히 보면 그 나름대로 아름다움을 갖추고 있다. 그냥 무심히 바라보니까 아무렇지도 않게 보이는 것이다. 그래서 어떤 시인은 풀꽃처럼 흔한 꽃도 자세히 봐야 예쁘다고 노래했다.

자세히 본다는 것은 애정과 관심을 갖고 바라보는 행위이다. 사랑하는 사람이 예쁘고 사랑스러운 것은 애정과 관심을 갖고 바라보기 때문이다. 이는 사물을 대할 때도 마찬가지다. 자신이 애지중지 하는 물건도 애정을 갖고 바라보기 때문에 더 소중하게 생각하게 된다. 사람이든 사물이든 이 모두는 다 같은 이치다.

자세히 본다는 것은 그래서 중요한 것이다. 자세히 보다 보면 더 소중하게 생각되고 아름답게 생각되고, 신비스럽게 생각되어지기에 잘 가꾸고 간직해야겠다는 마음을 갖게 된다.

더 많은 아름다움과 더 많은 즐거움을 느끼고 싶다면 자세히 보라. 자세히 보는 만큼 자신도 누군가에게 아름답고 즐거움을 주게 될 것이다.

무엇이든 자세히 보면 그 나름대로의 아름다움이 있다.
자세히 본다는 것은 애정과 관심을 기울이는 아름다운 행위이다.

> 모든 것이 다 필요한 존재이다.
> 이 우주에 존재하는 모든 것들은
> 다 필요한 것이다.
> 어떤 생물이 됐든 필요하기 때문에 생겨났다.
>
> 법정
>
> • 산에는 꽃이 피네 •

모든 것은 다 제 이름이 있다

이 세상에 존재하는 모든 것 등은 다 제 이름을 갖고 있다. 저마다 다 필요한 존재이기 때문이다. 필요치 않는 것은 제 이름이 없고, 그래서 존재하지 않는다. 제 이름이 있다는 것은 필요하기 때문에 있는 것이다. 그래서 그 어느 것도 함부로 여기거나 무심히 대해서는 안 된다. 그런데 같은 사람이 같은 사람을 함부로 여겨 존엄성을 빼앗고, 마치 자신의 노예처럼 부리는가 하면 갑질을 일삼는 등 갖은 추태를 부려대다 패가망신한다.

또한 사람이라는 이유로 개를 함부로 사육하고, 자신이 키우던 개를 버리기까지 한다. 뿐만 아니라 돈이 되는 일이라면 소에게 물을 먹여 잔인하게 도축하고, 아프리카 밀수꾼들은 살아있는 코끼리의 상아를 잘라내고, 코뿔소의 코를 잘라내 잔인하게 죽인다. 그리고 살아있는 곰에게서 쓸개즙을 빼내는 등 차마 인간으로서 하기 힘든 일을 눈 하나 깜빡하지 않고 행한다.

이는 스스로를 해악되게 하는 행위이다. 살아 있는 것들을 소중히 하라. 모두 다 제 이름을 가진 필요한 존재이기 때문이다.

살아 있는 모든 것들은 제 이름을 갖고 있다. 그것은 모두가 필요한 존재라는 방증이다. 살아 있는 것들을 소중히 하라.

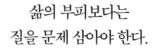

삶의 부피보다는
질을 문제 삼아야 한다.

법정

· 산에는 꽃이 피네 ·

삶은 부피가 아니라 질이다

'어떤 삶을 살아야 잘 사는 삶일까' 하는 명제에 대해 대개는 삶의 부피인 물질에 두고, 간혹 어떤 이들은 삶의 내용인 질에 둔다. 여기서 삶의 부피 즉 물질에 관심을 집중시키는 것은 외적으로 확연히 나타나고 구분되기 때문이다. 물질 있는 곳에 마음이 있다는 성경 말씀처럼 물질은 외적으로 보여지는 가장 확실한 증거이므로 자연히 그쪽으로 마음이 쏠리는 것은 어쩌면 당연한 일일 수도 있다.

그러나 진정으로 우리가 택해야 할 삶은 부피가 아니라 질에 두어야 한다. 물질을 산더미처럼 쌓아두고도 행복을 느끼지 못하고, 삶의 가치를 느끼지 못한다면 이는 불행한 일이 아닐 수 없다. 하지만 물질이 없어도 삶의 질을 통해 행복을 느끼며 산다면 그것은 진정 행복한 일이다. 삶의 질은 자신이 생각하기에 만족하면 되는 것이다. 자신이 만족하면 어떤 상황에서도 행복하고 자신을 기쁘게 할 수 있기 때문이다.

인생의 행복을 삶의 부피에서만 찾지 마라. 삶은 부피가 아니라 질에 있는 것이다. 그렇기에 삶의 질을 찾는 일은 매우 중요한 것이다.

삶의 행복은 삶의 부피, 즉 물질에 있는 것이 아니라,
질, 즉 삶의 내용에 있다. 삶의 질에 만족하면 스스로를 행복하게 할 수 있다.

인간의 궁극적인 목표

인간에게 감당하지 못할 부와 명예, 지위가 주어진다고 해도 자유가 없다면 무슨 소용이 있을까. 그것은 다만 빈껍데기에 불과할 뿐이다. 하지만 부와 명예, 지위가 없어도 자유가 있다면 그것만으로도 심히 족할 것이다.

자유는 인간이 지닌 최고의 축복이자 가치이다. 자유가 있으므로 평화가 있고, 내가 있고 네가 있고 우리 모두가 있는 것이다. 그래서 자유는 모든 것 중 제일인 것이다.

이처럼 소중한 자유는 어디에서 오는 것일까. 그것은 진리에서 온다고 성경은 말한다. 신약성경 요한복음 8장 32절에 "진리가 너희를 자유롭게 하리라"라는 말씀이 있다. 여기서 진리는 사랑이며, 그 사랑을 실천하는 것이다. 사랑이 있으면 모든 것을 품어 안을 수 있고, 모든 것을 품어 안을 수 있다면 그 모든 것을 다 행할 수 있다. 진리의 본질은 사랑이고, 사랑은 그 진리를 실천하는 일이다. 그렇다. 인간의 청정한 본성인 사랑과 지혜에 가치 척도를 두어라. 그것은 곧 사랑을 실천하는 일인 것이다.

자유에 이르는 길은 사랑에 있고, 그것을 실천하는 데 있다.
우리는 이를 진리라 말하고, 그 진리가 우리를 자유롭게 하는 것이다.

> 우리가 세상을 살아가면서 하루 동안에
> 한 가지라도 착한 일을 듣거나 행할 수 있다면
> 그날 하루는 결코 헛되이 살지 않고 잘 산 것이다.
> 이 말을 거듭 명심해야 한다.
>
> 법정
>
> · 산에는 꽃이 피네 ·

일일일선 일일일청 一日一善 一日一聽

인간이 인간인 까닭은 선을 행하는 데 있고, 인간의 도리는 선한 삶을 사는 것이다. 선이란 인간이기에 행할 수 있는 삶의 과제이자 의무이다.

하지만 선을 행한다는 것은 쉽지 않다. 악이 그것을 방해하기 때문이다. 선과 악은 늘 같이 존재하는데 이에 대한 이야기이다.

지구가 생겨난 이래 큰 홍수가 있었다. 전 세계를 삼켜버린 무시무시한 홍수이다. 홍수가 나기 전에 많은 동물들이 노아의 방주로 몰려와서 자신들을 태워달라고 소리쳤다. 암수 한 쌍만 타라는 노아의 말에 동물들은 하나둘씩 방주에 올랐다. 그때 선도 황급히 뛰어와 자신도 태워달라고 했지만 짝이 없어서 안 된다고 했다. 그래서 선은 숲 속으로 가서 악을 데리고 왔다. 그제야 노아는 방주에 타라고 했다. 그 후로 선이 있는 곳에는 항상 악이 따라다니게 되었다.

이는《탈무드》에 나오는 이야기로 악의 방해를 뿌리치고 선을 행하기란 쉽지 않지만, 우리는 선을 행할 의무가 있다는 교훈을 준다. 선을 행함은 인간의 도리이기 때문이다.

선을 행하는 일은 쉽지 않지만 선을 행해야 한다.
그것은 우리의 도리이고 의무이기 때문이다.

비본질적인 것, 불필요한 것은
아깝지만 다 버려야 한다. 그래야 홀가분해진다.
나뭇잎을 떨어뜨려야 내년에 새 잎을 피울 수 있다.
나무가 그대로 묵은 잎을 달고 있다면
새 잎도 피어나지 않는다.
사람도 마찬가지다. 매 순간 어떤 생각,
불필요한 요소들을 정리할 수 있어야 한다.
그렇게 해야 새로워지고 맑은 바람이 불어온다.

법정

• 산에는 꽃이 피네 •

비움의 미덕

버리지 않고 모든 것을 쌓아두고 살 수 없듯 우리 또한 머리와
마음에 쌓아두고는 살 수 없다. 그대로 두면 뇌에 과부하가 걸리
고, 마음은 온갖 잡다한 생각으로 더럽혀지고 만다. 우리가 머리에
서 비워내야 할 것은 쓸데없는 잡념이다. 잡다한 잡념을 버리지 않
으면 머리는 무거워지고, 새로운 생각을 하는 데 방해를 받는다.

마음 또한 비워내야만 한다. 탐욕과 거짓과 미움과 시기로 가득
차게 되면 스스로를 불행하게 한다. 이 모든 것들을 말끔히 비워내

야 새로운 마음이 들어오고, 그로써 자신의 일상 또한 새로워진다.

버려야 할 것은 버려야 한다. 비워야 새로운 것들로 인해 충만함
을 느끼게 되고, 지금보다 나은 나로 살아가게 된다.

우리의 머리와 마음으로부터 불필요한 생각들을 날마다 비워내라.
비워야 새로운 것들로 충만해진다.

물건은 우리를 행복하게 해주지 못한다.
소유물은 오히려 우리를 소유해 버린다.
필요에 따라 살되 욕망에 따라 살면 안 된다.

법정

· 산에는 꽃이 피네 ·

필요에 따라 사는 삶

많은 것을 두고도 만족하지 못하는 사람은 어떤 것이 더 주어진다고 해도 만족하지 못한다. 그의 가슴속에는 늘 무언가로 채우려고 하는 마음이 멈추지 않고 분수처럼 솟아나기 때문이다. 그래서 이런 사람은 자신의 욕망의 지배를 받는다. 욕망의 지배를 받는 것은 욕망의 노예일 뿐이다.

자신이 진정 행복하기를 바란다면 욕망을 지배해야 한다. 욕망은 자신을 지배하는 자에게는 맥을 추지 못한다. 자신의 삶을 자신에게 맞게 선택할 줄 아는 사람은 필요에 따라 자신의 삶을 살아가는 능력이 뛰어나다. 그래서 어느 순간, 어떤 상황에서도 자신의 지배 아래 욕망을 둠으로써 만족하게 되고 그로써 행복을 느끼게 된다.

진정으로 삶으로부터 자유롭고 만족하고 싶다면 자신이 원하는 삶을 살아야 한다. 남의 떡을 바라보지도 말고, 나는 나만의 길을 가면 된다. 그렇게 가다 보면 마침내 자신이 바라는 삶을 만나게 된다.

욕망의 지배를 받느냐 받지 않느냐는 자신의 선택할 문제다. 다만 분명한 것은 자신이 만족하기 위해서는 자신에게 필요한 삶을 살아야 한다.

욕망을 꿈꾸는 자는 욕망의 노예가 되지만, 욕망을 지배하는 자는 자신이 원하는 것을 얻게 된다.

법정
마음의 온도

초판 1쇄 발행 2018년 5월 21일
초판 2쇄 발행 2018년 6월 24일
초판 3쇄 발행 2018년 7월 25일
초판 4쇄 발행 2018년 9월 10일
초판 5쇄 발행 2018년 12월 1일
초판 6쇄 발행 2019년 3월 10일
초판 7쇄 발행 2019년 5월 15일
초판 8쇄 발행 2019년 10월 7일
초판 9쇄 발행 2019년 11월 10일
초판 10쇄 발행 2019년 12월 10일
초판 11쇄 발행 2020년 08월 21일
초판 12쇄 발행 2020년 12월 20일
초판 13쇄 발행 2021년 03월 20일

지은이 | 김옥림
펴낸이 | 임종관
펴낸곳 | 미래북
편   집 | 정광회
표지 디자인 | 김윤남
본문 디자인 | 디자인 [연:우]
등록 | 제 302-2003-000026호
주소 | 경기도 고양시 덕양구 삼원로73 고양원흥 한일 윈스타 1405호
전화 031)964-1227(대) | 팩스 031)964-1228
이메일 miraebook@hotmail.com

ISBN 979-11-88794-14-0   03800